皮囊

蔡崇达 著

人民文学出版社

图书在版编目（CIP）数据

皮囊 / 蔡崇达著 . -- 北京 ：人民文学出版社 ,2024（2025.9重印）

ISBN 978-7-02-018697-6

Ⅰ . ①皮… Ⅱ . ①蔡… Ⅲ . ①散文集－中国－当代 Ⅳ . ① I267

中国国家版本馆 CIP 数据核字 (2024) 第 109878 号

责任编辑	徐子茴
责任校对	杨益民
责任印制	苏文强

出版发行　人民文学出版社

社　　址　北京市朝内大街166号

邮政编码　100705

印　　刷　北京盛通印刷股份有限公司

经　　销　全国新华书店等

字　　数　145千字

开　　本　787毫米×1092毫米　1/32

印　　张　9.375

印　　数　100001—180000

版　　次　2024年12月北京第1版

印　　次　2025年9月第2次印刷

书　　号　978-7-02-018697-6

定　　价　49.80元

如有印装质量问题，请与本社图书销售中心调换。电话：010-59905336

序：生命中多添一盏明灯

认识崇达仅三两年吧，懂他真诚，因为有过几次掏心详谈，知他能写，却没有机会真正看过他的文章，直至崇达送我这书。

打开《皮囊》，读到崇达果然文如其人的真挚，坦荡荡的自然自白成长经历，没有掩饰凡人难免的喜、怒、哀、乐、贪、嗔、痴，所以很真。

视人生无常曰正常，或许是顿悟世情，也可能是全心冷漠以保持事不关己的距离，自我保护；看崇达敞开皮囊，感性纷呈血肉人生，会不自觉卸下日常自甘冷漠的皮囊，感同身受，因为当中，都有着普通人就会有的阅历或感悟，所以共鸣。凡尘俗世，谁不是普通人？

人生际遇的好与坏，关键往往在于生命里碰到什么人，只要能对你有所启发，都是明灯。崇达的《皮囊》里，有的是对他成长中有所启发的人，造就了他步步达成目标的人生；我认识崇达、看他的书，总有启发，就如生命中多添一盏明灯。

刘德华

序：认心、认人的《皮囊》

如果皮囊朽坏，我们还剩下什么？

好吧，你告诉我，还有灵魂。

有吗？

有的吧。

——你都有点像祥林嫂了。好吧好吧，我信了。

可是，那脱去了皮囊的灵魂啊，他们在忙什么？下地狱或上天堂或在荒野上游荡？我读古人的记叙，总觉得，那些孤魂野鬼，它们所渴望的，不过是转世为人，再得一具皮囊。

温暖的、逸乐的、疼痛的、脆弱的、可耻的皮囊。

蔡崇达写了一本书，就叫《皮囊》。

当我看到，父亲死去，而儿子气急败坏破口大骂时，我忽然发现，有点不对了。

是的，我的泪腺受了刺激，有液体分泌，我知道，那叫泪水。

我说服自己，这不值得流泪，这不值得哭，我所看到的不过是、仅仅是人世间每时每刻发生的事。

这不是"子欲养而亲不在"，这是一种刻骨的愤怒，愤怒于，人在受苦，而他竟注定孤独无助，儿子也帮不了父亲，一切皆是徒劳。或许，皮囊的冷酷法则就是，它从不许诺什么，它不相信奇迹，不相信心。

是啊。皮囊有心。

不管这具皮囊是什么质地，它包裹着一颗心。人生或许就是一具皮囊打包携带着一颗心的羁旅。

这颗心很多时候是睡去了，有时醒来。心醒着的时候，就把皮囊从内部照亮。

荒野中就有了许多灯笼，灯和灯由此辨认，心和心、人和人由此辨认。

《皮囊》是认心、认人的书。

比如认父亲，蔡崇达是80后吧，我曾经说过，自70后起，在文学书写中，父亲就失踪了，不是去了远方就是面目模糊，他不再是被尊敬、畏惧、审视、反抗的对象，他直接被屏蔽，被搁置在一团模糊的阴影里。

而在蔡崇达这里，父亲出现了，被反复地、百感交集地写，这个父亲，他离家、归来，他病了，他挣扎着，全力争取尊严，然后失败，退生为孩童，最后离去。

父亲被照亮了。被怀着厌弃、爱、不忍和怜惜和挂念，艰难地照亮。

在这个过程中，蔡崇达长大了。

这个长大的人，从父亲开始，一个一个地，把与他有关、有缘的人照亮。他为此专门写了这么一本书。

西方之巫说：认识你自己。

认识你自己就必须认识你的他人。

在生活中、行动中遭遇的人，认识他们，照亮他们，由此你就知道自己是谁。

这就是苏珊·桑塔格所说的人的世界。人必须在人的世界里求取意义。

写这么一本书，是伤心的。

伤痕累累的心。

但伤痕累累的心是好的，流泪、流血、结了痂、留下疤痕，然后依然敏感着，让每一次疼痛和跳动都如同初心，这是好的。

除非死心，除非让心睡去。怀着死掉的、睡着不起的心，皮囊就仅仅是皮囊。

皮囊可以不相信心，可以把心忘掉。但一颗活着、醒着、亮着的心无法拒绝皮囊，皮囊标志出生命的限度、生活的限度，生命和生活之所以值得过，也许就因为它有限度，它等待着、召唤着人的挣扎、愤怒、斗争、意志、欲望和梦想。

这是多么有意思，虽然我们到底不能确定意义。

这也就是为什么，灵魂——中国人把它叫做心，永远贪恋着这个皮囊。又恐琼楼玉宇，高处不胜寒。哪一个中国人真的向往过冰冷的天堂？哪一个不是希望回到人世，希望把经过的再过一遍？

但这一遍和那一遍是不同的，
就像醒着和睡着不同。
写作就是再过一遍。
过一遍自己，也试着过一遍他人。
把栏杆拍遍。把心再伤一遍。

我不能肯定这本书是什么，我甚至不能肯定它是小说还是自传，但我知道它不是什么，它不轻松不愉快不时尚甚至也不"文学"——文学没有那么重要，比起生活、比起皮囊、比起心，文学是轻的。蔡崇达写得不太好的时候，还会有一点生涩的文艺腔，但当他全神贯注全力以赴时，他不文艺了，他站在这里，艰难地抠心而说。

　　——这时，他只是一个历尽沧桑的少年。

李敬泽

目录

皮囊

我那个活到九十九岁的阿太——我外婆的母亲，是个很牛的人。外婆五十多岁突然撒手，阿太白发人送黑发人。亲戚怕她想不开，轮流看着。她却不知道哪里来的一股愤怒，嘴里骂骂咧咧，一个人跑来跑去。一会儿掀开棺材看看外婆的样子，一会儿到厨房看看那祭祀的供品做得如何，走到大厅听见有人杀一只鸡没割中动脉，那只鸡洒着血到处跳，阿太小跑出来，一把抓住那只鸡，狠狠往地上一摔。

鸡的脚挣扎了一下，终于停歇了。"这不结了——别让这肉体再折腾它的魂灵。"阿太不是个文化人，但是个神婆，讲话偶尔文绉绉。

众人皆暗哑。

那场葬礼，阿太一声都没哭。即使看着外婆的躯体即将进入焚化炉，她也只是乜斜着眼，像是对其他号哭人的不屑，又似乎是老人平静地打盹。

那年我刚上小学一年级，很不理解阿太冰冷的无情。

2

几次走过去问她，阿太你怎么不难过？阿太满是寿斑的脸，竟轻微舒展开，那是笑——"因为我很舍得。"

这句话在后来的生活中经常听到。外婆去世后，阿太经常到我家来住，她说，外婆临死前交代，黑狗达没爷爷奶奶，父母都在忙，你要帮着照顾。我因而更能感受她所谓的"舍得"。

阿太是个很狠的人，连切菜都要像切排骨那样用力。有次她在厨房很冷静地喊"哎呀"，在厅里的我大声问："阿太怎么了？""没事，就是把手指头切断了。"接下来，慌乱的是我们一家人，她自始至终，都一副事不关己的样子。

病房里正在帮阿太缝合手指头，母亲在病房外的长椅上和我讲阿太的故事。她曾经把不会游泳，还年幼的舅公扔到海里，让他学游泳，舅公差点溺死，邻居看不过去跳到水里把他救起来。没过几天邻居看她把舅公再次扔到水里。所有邻居都骂她没良心，她冷冷地说："肉体不就是拿来用的，又不是拿来伺候的。"

等阿太出院，我终于还是没忍住问她故事的真假。她淡淡地说："是真的啊，如果你整天伺候你这个皮囊，不会有出息的，只有会用肉体的人才能成才。"说实话，我

3

当时没听懂。

我因此总觉得阿太像块石头，坚硬到什么都伤不了。她甚至成了我们小镇出了名的硬骨头，即使九十多岁了，依然坚持用她那缠过的小脚，自己从村里走到镇上我老家。每回要雇车送她回去，她总是异常生气："就两个选择，要么你扶着我慢慢走回去，要么我自己走回去。"于是，老家那条石板路，总可以看到一个少年扶着一个老人慢慢地往镇外挪。

然而我还是看到阿太哭了。那是她九十二岁的时候，一次她攀到屋顶要补一个窟窿，一不小心摔了下来，躺在家里动不了。我去探望她，她远远就听到了，还没进门，她就哭着喊："我的乖曾孙，阿太动不了啦，阿太被困住了。"虽然第二周她就倔强地想落地走路，然而没走几步又摔倒了。她哭着叮嘱我，要我常过来看她，从此每天依靠一把椅子支撑，慢慢挪到门口，坐在那儿，一整天等我的身影。我也时常往阿太家跑，特别是遇到事情的时候，总觉得和她坐在一起，有种说不出的安宁和踏实。

后来我上大学，再后来到外地工作，见她分外少了。然而每次遇到挫折，我总是请假往老家跑——一个重要的事情，就是去和阿太坐一个下午。虽我说的苦恼，她不一定听得懂，甚至不一定听得到——她已经耳背了，但每次看到她不甚明白地笑，展开那岁月雕刻出的层层叠叠的皱纹，我就莫名其妙地释然了许多。

知道阿太去世，是在很平常的一个早上。母亲打电话给我，说你阿太走了。然后两边的人抱着电话一起哭。母亲说阿太最后留了一句话给我："黑狗达不准哭。死不就是脚一蹬的事情嘛，要是诚心想念我，我自然会去看你。因为从此之后，我已经没有皮囊这个包袱。来去多方便。"

那一刻才明白阿太曾经对我说过的一句话，才明白阿太的生活观：我们的生命本来多轻盈，都是被这肉体和各种欲望的污浊给拖住。阿太，我记住了。"肉体是拿来用的，不是拿来伺候的。"请一定来看望我。

母亲的房子

母亲还是决定要把房子修建完成，即使她心里清楚，房子将可能在半年或者一年后被拆迁掉。

这个决定是在从镇政府回家的路上做的。在陈列室里，她看到那条用铅笔绘制的、潦草而别扭的线，像切豆腐一样从这房子中间劈开。

她甚至听得到声音。不是"噼里啪啦"，而是"哐"一声。那一声巨大的一闷，一直在她耳朵里膨胀，以至于在回来的路上，她和我说她头痛。

她说天气太闷，她说走得太累了，她说冬天干燥得太厉害。她问："我能歇息吗？"然后就靠着路边的一座房子，头朝向里面，用手掩着脸不让我看见。

我知道不关天气，不关冬天，不关走路的事情。我知道她在那个角落拼命平复内心的波澜。

这座四层楼的房子，从外观上看，就知道不怎么舒适。两百平方米的地皮，朝北的前一百平方米建成了四层的楼房，后面潦草地接着的，是已经斑斑驳驳的老石板房。即使是北边这占地一百平方米的四层楼房，也可以清楚地看到，是几次修建的结果：底下两层是朝西的坐向，还开了两个大大的迎向道路的门——母亲曾天真地以为能在这条小路做点小生意，上面两层却是朝南的坐向，而且，没有如同一二层铺上土黄色的外墙瓷砖，砖头和钢筋水泥就这样裸露在外面。

每次从工作的北京回到家，踏入小巷，远远看到这奇怪的房子，总会让我想起珊瑚——一只珊瑚虫拼命往上长，死了变成下一只珊瑚虫的房子，用以支持它继续往上长。它们的生命堆叠在一起，物化成那层层叠叠的躯壳。

有一段时间，远在北京工作累了的我，习惯用 Google 地图，不断放大、放大，直至看到老家那屋子的轮廓。从一个蓝色的星球不断聚焦到这个点，看到它别扭地窝在那。多少人每天从那条小道穿过，很多飞机载着来来往往的人的目光从那儿不经意地掠过，它奇怪的模样甚至没有让人注意到，更别说停留。还有谁会在乎里面发生的于我来说撕心裂肺的事情。就像生态鱼缸里的珊瑚礁，安放在箱底，为那群斑斓的鱼做安静陪衬，谁也不会在意渺小但同样惊心动魄的死亡和传承。

母亲讲过太多次这块地的故事。那年她二十四岁，父亲二十七岁。两个人在媒人的介绍下，各自害羞地瞄了一眼，彼此下半辈子的事情就这么定了。父亲的父亲是个田地被政府收回而自暴自弃的浪荡子，因为吸食鸦片，早早地把家庭拖入了困境。十几岁的父亲和他的其他兄弟一样，结婚都得靠自己。当时他没房没钱，第一次约会只是拉着母亲来到这块地，说，我会把这块地买下来，然后盖一座大房子。

母亲相信了。

买下这块地是他们结婚三年后的事情。父亲把多年积攒的钱加上母亲稀少的嫁妆凑在一起，终于把地买下。地有了，建房子还要一笔花费。当时还兼职混黑社会的父亲，正处于天不怕地不怕的年纪，拍拍胸膛到处找人举债，总算建起了前面那一百多平方米，留下偏房的位置，说以后再修。

父亲不算食言——母亲总三不五时回忆这段故事，这几乎是父亲最辉煌的时刻。

她会回忆自己如何发愁欠着的几千块巨款，而父亲一脸不屑的样子，说，钱还不容易。母亲每每回忆起这段总是要绘声绘色，然后说，那时候你父亲真是男子汉。

但男人终究是胆小的，天不怕地不怕只是还不开窍还不知道怕——母亲后来几次这么调侃父亲。

第二年，父亲有了我这个儿子，把我抱在手上那个晚上据说就失眠了。第二天一早六七点就摇醒我母亲，说，我怎么心里很慌。

愁眉苦脸的人换成是父亲了。在医院的那两天他愁到饭量急剧下降。母亲已经体验到这男人的脆弱。第三天，因为没钱交住院费，母亲被赶出了医院。

前面有个姐姐，我算第二个孩子，这在当时已经超生，因而母亲是跑到遥远的厦门生的我。从厦门回老家还要搭车。因为超生的这个孩子，回家后父亲的公职可能要被辞掉。从医院出来，父亲抱着我，母亲一个人拖着刚生育完的虚弱身体，没钱的两个人一声不吭地一步步往公路挪，不知道怎么回到小镇上的家。

走到一个湖边，父亲停下来，迷惘地看着那片湖，转过头问，我们回得了家吗？

母亲已经疼痛到有点虚脱了，她勉强笑了笑：再走几步看看，老天爷总会给路的。

父亲走了几步又转过头：我们真的回得了家吗？

再走几步看看。

一个路口拐过去，竟然撞上一个来厦门补货的老乡。

"再走几步看看。"这句话母亲自说出第一次后，就开始不断地用它来鼓励她一辈子要依靠的这个男人。

公职果然被开除了，还罚了三年的粮食配给，内心虚弱的父亲一脆弱，干脆把自己关家里不出去寻找工作。母亲不吭声，一个人到处找活干——缝纫衣服、纺织、包装。烧火的煤是她偷邻居的，下饭的鱼是她到街上找亲戚讨的。她不安慰父亲，也不向他发火，默默地撑了三年。直到三年后某一天，父亲如往常一样慢悠悠走到大门边，打开门，是母亲种的蔬菜、养的鸡鸭。父亲转过身对母亲说："我去找下工作。"然后一个月后，他去宁波当了海员。

过了三年，父亲带着一笔钱回到了老家，在这块地上终于建成了一座完整的石板房。

父亲花了好多钱，雇来石匠，把自己和母亲的名字，编成一副对联，刻在石门上，雕花刻鸟。他让工匠瞒着母亲，把石门运到工地的时候还特意用红布盖着，直到装上大门宣布落成那刻，父亲把红布一扯，母亲这才看到，她与父亲的名字就这样命名了这座房子。

当时我六岁，就看到母亲盯着门联枰着嘴，一句话都没说。几步开外的父亲，站到一旁得意地看着。

第二天办落成酒席，在喧闹的祝福声中，父亲宣布了另一个事情：他不回宁波了。

酒桌上，亲戚们都来劝，在他们看来，这是一个难得的工作：比老家一般工作多几倍的工资，偶尔会有跑关系的商家塞钱。父亲不解释，一直挥手说反正不去了。亲戚来拉母亲去劝，母亲淡淡地说，他不说就别问了。

后来父亲果然没回宁波了，拿着此前在宁波攒的钱，开过酒店、海鲜馆、加油站，生意越做越小，每失败一次，父亲就像褪一层皮一样，变得越发邋遢、焦虑、沉默。然后在我读高二的时候，父亲一次午睡完准备要去开店，突然一个跌倒，倒在天井里。父亲中风了。

也是直到父亲中风住院，隔天要手术了，躺在病床上，母亲这才开口问："你当时在宁波是不是有什么事情处理不来，干脆躲了吧？"

父亲笑开了满口因为抽烟而黑的牙齿。

"我就知道。"母亲淡淡地说。

父亲当年建成的那座石板房子，如今只剩下南边的那一片了。

　　每次回家，我都到南边那石板老房走走。拆掉的是北边的主房，现在留下没完成拆建的部分，就是父亲生病长期居住的左偏房，和姐姐出嫁前住的右偏房。在左偏房里，父亲完成了两次中风，最终塑造出离世前那左半身瘫痪的模样。而在右偏房，姐姐哭着和我说，当时窘迫的家出不起太多嫁妆，她已经认定自己要嫁一个穷苦的人家，从此和一些家里比较有钱的朋友，断了联系。

　　我记得她说那句话的那个晚上。她和当时的男友出去不到一刻钟就回来了。进了房间，躲着父母，一声不吭地把我拉到一边，脸涨得通红，眼眶盈满了泪，却始终不让其中任何一滴流出来。平复了许久，她开口了："答应我，从此别问这个人的任何事情。如果父母问，你也拦住不要让他们再说。"

　　我点点头。

　　直到多年后我才知道，当时他问我姐："你家出得起多少嫁妆？"

　　那旧房子，母亲后来租给了一个外来的务工家庭。一个月一百五十元，十年了，从来没涨过价钱。那狭小的空间住了两个家庭，共六个人一条狗，拥挤得看不到太多这房子旧日的痕迹。

一开始我几次进入那房子，想寻找一些东西。中风偏瘫的父亲有次摔倒在地上留下的血斑，已经被他们做饭的油污盖住了，而那个小时候父亲精心打造给我作为小乐园的楼梯间，现在全是杂物。

母亲有意无意，也经常往这里跑。

我看着这样的母亲，心里想，母亲出租给他家，只是因为，他们家拥挤到足够占据这个对她来说充满情感同时又有许多伤感的空间。

别人的生活就这么浅浅地敷在上面——这是母亲寻找到的与它相处的最好距离。

其实，母亲现在居住的这四层小楼房，于我是陌生的。

这是我读高三的时候修建的。那也是父亲生病第二年。母亲把我叫到她房里，打开中间抽屉，抽出一卷钱。她说我们有十万了。那是我做生意，姐姐做会计，我高中主编书以及做家教的收入。她说你是一家之主，你决定怎么用。我想都没想，说存起来啊。

在那两年里，母亲每天晚上八九点就要急急忙忙地拿着一个编织袋出趟门，回来时我会听到后院里她扔了什么东西，然后一个人走进来，假装每天这么准时的出入一点都不奇怪。其实当时我和姐姐也是装作不知道，但心里早清楚，母亲是在那个时间背着我们到菜市场捡人家不要的菜叶，隔天加上四颗肉丸就是一家人一顿饭的所有配菜。

她偷偷地出去，悄然把菜扔在后院，第二天她把这些菜清洗干净，去除掉那些烂掉的部分，体面地放置在餐桌上。我们谁也没说破，因为我们都知道，自己承受不了说破后的结果。

然而那个晚上，拿着那十万，她说，我要建房子。

"你父亲生病前就想要建房子，所以我要建房子。"这是她的理由。

"但父亲还需要医药费。"

"我要建房子。"

她像商场里看到心爱的玩具就不肯挪动身体的小女孩，倔强地重复她的渴望。

我点点头。虽然明白，那意味着"不明来路"的菜叶还需要吃一段时间，但我也在那一刻想起来，好几次一些亲戚远远见到我们就从另一个小巷拐走，和母亲去祠堂祭祀时，总有些人都当我们不存在。

我知道这房子是母亲的宣言。以建筑的形式，骄傲地立在那。

满打满算，钱只够拆掉一半，然后建小小的两层。小学肄业的母亲，自己画好了设计图，挑好日子，已经是我高考前的两周。从医院回来，父亲和母亲就住到了左偏房。到了适婚年龄的姐姐从小就一直住在右偏房。旧房子决定要拆了，我无房可住，就搬到了学校的宿舍。

旧房子拆的前一周，母亲"慷慨"地买了一串一千响的大鞭炮，每天看到阳光出来，就摆到屋顶上去晒太阳。她说，晒太阳会让声音更大更亮。偏偏夏日常莫名其妙地下大雨，那几个下午，每次天滴了几滴水，母亲就撒开腿往家里跑，把鞭炮抢救到楼下，用电吹风轻轻吹暖它，像照顾新生儿一般呵护。

终于到拆迁的时刻了，建筑师傅象征性地向墙面锤了一下。动土了。在邻里的注视下，母亲走到路中间，轻缓地展开那长长的鞭炮，然后，点燃。

声音果然很响，鞭炮爆炸产生的青烟和尘土一起扬起来，弥漫了整个巷子。我听到母亲在我身旁深深地、长长地透了口气。

建房子绝不是省心的事，特别对于拮据的我们。为了省钱，母亲边看管加油站，边帮手做小工。八十多斤的她在加油站搬完油桶，又赶到工地颤颤悠悠地挑起那叠起来一人高的砖。收拾完，还得马上去伺候父亲。

我不放心这样的母亲，每天下课就赶到工地。看她汗湿透了全身，却一直都边忙边笑着。几次累到坐在地上，嘴巴喘着粗气，却还是合不上地笑。

看到有人路过工地，她无论多喘都要赶忙站起身过来说话："都是我儿子想翻盖新房，我都说不用了，他却很坚持，没办法，但孩子有志气，我也要支持。"

担心的事情终于发生了，我高考前一周的那个下午，她捂着肚子，在工地昏倒了。到医院一查：急性盲肠炎。

我赶到医院，她已经做完盲肠手术。二楼的住院部病床上，她半躺在那儿，见我进来就先笑："房子已经在打地基了？"她怕我着急到凶她。

我还是想发脾气，却听到走廊里一个人拄着拐杖拖着步子走的声音，还带着重重的喘气声。是父亲。他知道母亲出事后，就开始出发，拄着拐杖挪了三四个小时，挪到大马路上，自己雇了车，才到了这家医院。

现在他拄着拐杖一点点一点点挪进来，小心翼翼地把自己安排到旁边的病床上，如释重负地一坐。气还喘着，眼睛直直盯着母亲，问："没事吧？"

母亲点点头。

父亲的嘴不断撇着，气不断喘着，又问了句："没事吧？"眼眶红着。

"真的没事？"嘴巴不断撇着，像是抑制不住情绪的小孩。

我在旁，一句话都说不出来。

房子建了将近半年，落成的时候，我都上大学了。那房子最终的造价还是超标了，我只听母亲说找三姨和二伯借了钱，然而借了多少她一句话都不说。我还知道，连做大门的钱也都是向木匠师傅欠着的。每周她清点完加油站的生意，抽出赚来的钱，就一户户一点点地还。

然而，母亲还是决定在搬新家的时候，按照老家习俗宴请亲戚。这又折腾了一万多。

那一晚她笑得很开心，等宾客散去，她让我和姐姐帮忙整理那些可以回锅的东西——我知道将近一周，这个家庭的全部食物就是这些了。

抱怨从姐姐那开始的，"为什么要乱花钱？"

母亲不说话，一直埋头收拾，我也忍不住了："明年大学的学费还不知道在哪呢。"

"你怎么这么爱面子，考虑过父亲的病，考虑过弟弟的学费吗？"姐姐着急得哭了。

母亲沉默了很久，姐姐还在哭，她转过身来，声音突然大了："人活着就是为了一口气，这口气比什么都值得。"这是母亲在父亲中风后，第一次对我们俩发火。

平时在报社兼职，寒暑假还接补习班老师的工作，这老家的新房子对我来说，就是偶尔居住的旅社。

一开始父亲对这房子很满意。偏瘫的他，每天拄着拐杖坐到门口，对过往的认识不认识的人说，我们家黄脸婆很厉害。

然而不知道听了谁的话，不到一周，父亲开始说："就是我家黄脸婆不给我钱医病，爱慕虚荣给儿子建房子，才让我到现在还是走不动。"

母亲每次进进出出，听到父亲那恶毒的指责，一直当作没听见。但小镇上，各种传言因为一个残疾人的控诉而更加激烈。

一个晚上，三姨叫我赶紧从大学回老家——母亲突然在下午打电话给她，交代了一些莫名其妙的话："你交代黑狗达，现在欠人的钱，基本还清了，就木匠蔡那还有三千，无论发生什么事情怎么样都一定要还，人家是帮助我们。他父亲每天七点一定要吃帮助心脏搏动的药，记得家里每次都要多准备至少一个月的量，每天无论发生什么事情，一定要盯着他吃；他姐姐的嫁妆其实我存了一些金子，还有我的首饰，剩下的希望她自己努力了。"

我赶到家，看到她面前摆了一碗瘦肉人参汤——这是她最喜欢吃的汤。每次感觉到身体不舒服，她就清炖这么一个汤，出于心理或者实际的药理，第二天就又全恢复了。

知道我进门，她也不问。

"你在干吗？"先开口的是我。

她说："我在准备喝汤。"

我看那汤，浓稠得和以前很不一样，猜出了大概。走上前把汤端走。

我和她都心照不宣。

我正把汤倒进下水道里，她突然号啕大哭："我还是不甘心，好不容易都到这一步了，就这么放弃，这么放弃太丢人了，我不甘心。"

那一晚，深藏于母亲和我心里的共同秘密被揭开了——在家里最困难的时候，想一死了之的念头一直像幽灵般缠绕着我们，但我们彼此都没说出过那个字。

我们都怕彼此脆弱。

但那一天，这幽灵现身了。

母亲带我默默上了二楼，进了他们的房间。吃饱饭的父亲已经睡着了，还发出那孩子一般的打呼声。母亲打开抽屉，掏出一个盒子，盒子打开，是用丝巾包着的一个纸包。

那是老鼠药。

在父亲的打呼声中，她平静地和我说："你爸生病之后我就买了，好几次我觉得熬不过去，掏出来，想往菜汤里加，几次不甘愿，我又放回去了。"

"我还是不甘心，我还是不服气，我不相信咱们就不能好起来。"

那晚，我要母亲同意，既然我是一家之主，即使是自杀这样的事情也要我同意。她答应了，这才像个孩子一样，坐在旁边哭起来。

我拿着那包药，我觉得，我是真正的一家之主了。

当然，我显然是个稚嫩的一家之主。那包药，第二周在父亲乱发脾气的时候就暴露了。我掏出来，大喊要不全家一起死了算了。全家人都愣住了。母亲抢过去，生气地瞪了我一下，又收进自己的兜里。

接下来的日子，这个暴露的秘密反而成了一个很好的防线。每次家里发生些相互埋怨的事情，母亲会一声不吭地往楼上自己的房间走去，大家就都安静了。我知道，那刻，大家脑海里本来占满的怒气慢慢消退，是否真的要一起死，以及为彼此考虑的各种想法开始浮现。怒气也就这么消停了。

这药反而医治了这个因残疾因贫穷而充满怒气和怨气的家庭。

大三暑假的一个晚上，母亲又把我叫进房间，抽出一卷钱。

我们再建两层好不好？

我又想气又想笑。这三年好不容易还清了欠款，扛过几次差点交不出学费的窘境，母亲又来了。

母亲很紧张地用力地捏着那卷钱，脸上憋成了红色，像是战场上在做最后攻坚宣言的将军。"这附近没有人建到四楼，我们建到了，就真的站起来了。"

我才知道，母亲比我想象的还要倔强，还要傲气。

我知道我不能说不。

果然，房子建到第四层后，小镇一片哗然。建成的第一天，落成的鞭炮一放，母亲特意扶着父亲到市场里去走一圈。

边走边和周围的人炫耀："你们等着，再过几年，我和我儿子会把前面的也拆了，围成小庭院，外装修全部弄好，到时候邀请你们来看看。"一旁的父亲也用偏瘫的舌头帮腔："到时候来看看啊。"

然后第二年，父亲突然去世。

然后，再过了两年，她在镇政府的公示栏上看到那条线，从这房子的中间切了下来。

"我们还是把房子建完整好不好？"从镇政府回来的那条路上，母亲突然转过身来问。

我说："好啊。"

她尝试解释："我是不是很任性，这房子马上要拆了，多建多花钱。我不知道自己为什么一定要建好。"

她止不住号啕大哭起来："我只知道，如果这房子没建起来，我一辈子都不会开心，无论住什么房子，过多好的生活。"

回到家，吃过晚饭，看了会儿电视，母亲早早躺下了。她从内心里透出的累。我却怎么样也睡不着，一个人爬起床，打开这房子所有的灯，这几年来才第一次认真地一点一点地看，这房子的一切。像看一个熟悉却陌生的亲人，它的皱纹、它的寿斑、它的伤痕：

三楼四楼修建得很潦草，没有母亲为父亲特意设置的扶手，没有摆放多少家具，建完后其实一直空置着，直到父亲去世后，母亲从二楼急急忙忙搬上来，也把我的房间安置在四楼。有段时间，她甚至不愿意走进二楼。

二楼第一间房原来是父亲和母亲住的，紧挨着的另外一间房间是我住的，然后隔着一个厅，是姐姐的房间。面积不大，就一百平方米不到，扣除了一条楼梯一个阳台，还要隔三间房，偏瘫的父亲常常腾挪不及，骂母亲设计得不合理。母亲每次都会回："我小学都没毕业，你当我建筑师啊？"

走进去，果然可以看到，那墙体，有拐杖倚靠着磨出来的刮痕。打开第一间的房门，房间还弥漫着淡淡的父亲的气息。那个曾经安放存款和老鼠药的木桌还在，木桌斑斑驳驳，是父亲好几次发脾气用拐杖砸的。只是中间的抽屉还是被母亲锁着。我不知道此时锁着的是什么样的东西。

我不想打开灯，坐在椅子上看着父亲曾睡过的地方，想起几次他生病躺在那的样子，突然想起小时候喜欢躺在他肚皮上。

这个想法让我不由自主地躺到了那床上，感觉父亲的气味把我包裹。淡淡的月光从窗户透进来，我才发觉父亲的床头贴着一张我好几年前照的大头贴，翻起身来看，那大头贴，在我脸部的位置发白得很奇怪。再一细看，才察觉，那是父亲用手每天摸白了。

我继续躺在那位置把号啕大哭憋在嘴里，不让楼上的母亲听见。等把所有哭声吞进肚子里，我仓促地逃离二楼，草草结束了这趟可怕的探险。

第二天母亲早早把我叫醒了。她发现了扛着测量仪器的政府测绘队伍，紧张地把我拉起来——就如同以前父亲跌倒，她紧急把我叫起来那无助的样子。

我们俩隔着窗子，看他们一会儿架开仪器，不断瞄准着什么，一会儿快速地写下数据。母亲对我说："看来我们还是抓紧时间把房子修好吧。"

那个下午，母亲就着急去拜访三伯了。自从父亲去世后，整个家庭的事情，她都习惯和三伯商量，还有，三伯认识很多建筑工队，能拿到比较好的价钱。

待在家里的我一直心神不宁，憋闷得慌，一个人爬到了四楼的顶上。我家建在小镇的高地，从这房子的四楼，可以看到整个小镇在视线下展开。

那天下午我才第一次发现，整个小镇遍布着工地，它们就像是一个个正在发脓的伤口，而挖出的红土，血一般的红。东边一条正在修建的公路，像只巨兽，一路吞噬过来，而它挪动过的地方，到处是拆掉了一半的房子。这些房子外面布着木架和防尘网，就像包扎的纱布。我知道，还有更多条线已经划定在一座座房子上空，只是还没落下，等到明后年，这片土地将皮开肉绽。

我想象着，那一座座房子里住着的不同故事，多少人过去的影子在这里影影绰绰，昨日的悲与喜还在那停留，想象着，它们终究变成一片尘土飞扬的废墟。

我知道，其实自己的内心也如同这小镇一样：以发展、以未来、以更美好的名义，内心的各种秩序被太仓促太轻易地重新规划，摧毁，重新建起，然后我再也回不去，无论是现实的小镇，还是内心里以前曾认定的种种美好。

晚上三伯回访。母亲以为是找到施工队，兴奋地迎上去。

泡了茶慢慢品玩，三伯开口："其实我反对建房子。"

母亲想解释什么。三伯拦住了，突然发火："我就不理解了，以前要建房子，你当时说为了黑狗达为了这个家的脸面，我可以理解，但现在图什么？"

我想帮母亲解释什么，三伯还是不让："总之我反对，你们别说了。"然后开始和我建议在北京买房的事。"你不要那么自私，你要为你儿子考虑。"

母亲脸憋得通红，强忍着情绪。

三伯反而觉得不自在了："要不你说说你的想法。"

母亲却说不出话了。

我接过话来："其实是我想修建的。"

我没说出口的话还有：其实我理解母亲了，在她的认定里，一家之主从来是父亲，无论他是残疾还是健全，他发起了这个家庭。

事实上，直到母亲坚持要建好这房子的那一刻，我才明白过来，前两次建房子，为的不是她或者我的脸面，而是父亲的脸面——她想让父亲发起的这个家庭看上去是那么健全和完整。

这是母亲从没表达过，也不可能说出口的爱情。

在我的坚持下，三伯虽然不理解，但决定尊重这个决定。我知道他其实考虑的是我以后实际要面对的问题，我也实在无法和他解释清楚这个看上去荒诞的决定——建一座马上要被拆除的房子。

母亲开始奔走，和三伯挑选施工队，挑选施工日期。最终从神佛那问来的动土的日子，是在一个星期后——那时我已经必须返回北京上班了。

回北京的前一天下午，我带着母亲到银行提钱。和贫穷缠斗了这大半辈子了，即使是从银行提取出来的钱，她还是要坐在那一张张反复地数。清点完，她把钱搂在胸前，像怀抱着一个新生儿一样，小心翼翼地往家里走。

这本应该兴奋的时刻，她却一路的满腹心事。到了家门口，她终于开了口："儿子我对不起你，这样你就不够钱在北京买房子了吧。"

我只能笑。

又走了几步路，母亲终于鼓起勇气和我说了另外一个事情："有个事情我怕你生气，但我很想你能答应我。老家的房子最重要是门口那块奠基的石头，你介意这房子的建造者打的是你父亲的名字吗?"

"我不介意。"我假装冷静地说着，心里为被印证的某些事，又触动到差点没忍住眼泪。

"其实我觉得大门还是要放老房子父亲做的那对，写有你们俩名字的对联。"

然后，我看见那笑容就这么一点点地在她脸上绽放开，这满是皱纹的脸突然透出羞涩的容光。我像摸小孩一样，摸摸母亲的头，心里想，这可爱的母亲啊。

同事的邀约，春节第一天准时上班的人一起吃饭庆祝。那个嘈杂的餐厅，每个人说着春节回家的种种故事：排队两天买到的票、回去后的陌生和不习惯、与父母说不上话的失落和隔阂……然后有人提议说，为大家共同的遥远的故乡举杯。

我举起杯，心里想着：用尽各种办法让自己快乐吧，你们这群无家可归的孤魂野鬼。

然后独自庆幸地想，我的母亲以及正在修建的那座房子。

我知道，即使那房子终究被拆了，即使我有一段时间里买不起北京的房子，但我知道，我这一辈子，都有家可回。

残

疾

把包着米的金纸点燃在地上，由两个堂哥抬着他跨过那簇火苗——据说用这么个仪式，灵魂就被洗涤干净了，噩运和污秽被阻挡在门外——就这样，中风出院的父亲回到家。时间是晚上的十点。

按照闽南的风俗习惯，里里外外的亲戚第一时间排着队前来探望，每个人拎着他们自认为对父亲有好处的营养品，说着觉得能帮到父亲的话——有的人和他一起回忆当年混江湖的彪炳战绩，有的人再次向他感谢某次落难父亲如何帮忙，几个女亲戚一进房门抱着父亲就哭。

他倒是超然，对着安慰的人一副无所谓的样子，和那些吹牛臭屁的人争执谁当时的功劳大，对抱着哭的人则着急地骂："这不回来了，小问题，哭什么？"

然而他的舌头瘫了一半，很多人听来，他只是激动地说些笨重的音符，然后看着他笑开那嘴被烟涂黑的牙，大家跟着笑了。

看上去不错的开始。

折腾到一点多，人潮终于散去，父亲这才露出真实、窘迫的样子。母亲和我费力地抬他去上厕所，两个人如同扛巨大的家具进房门一样，腾挪不及，气喘吁吁。

　　母亲中间两次停下来，笑着说，你看他这段时间在医院如何享的清福，竟然重了许多。而我心里想的则是，每天需要上多少次厕所，每次都需要这么折腾。我开始掂量着，即将到来的生活是什么。

　　好不容易把父亲折腾回床，似乎到了不得不聊天的时间，气氛却愈加紧绷。

　　在父亲到泉州、福州住院的这三个月，除了假期的探望，我已经好久没见父亲。当他被堂哥们扛着从车里出来的时候，我觉得说不出的陌生：手术的需要，头发被剪短了，身体像被放掉气的气球，均匀地干瘪下去——说不出哪里瘦了，但就感觉，他被疾病剃掉了整整一圈。

　　从他回来，到他开始"接待"访客的那两个小时，我一直看着这个近乎陌生的父亲：他的背似乎被压弯了，瘫痪的左半舌头让他说话含混笨拙，没说几句话就喘。我开始搜索记忆中的那个父亲，那个讲话很大声，动不动脏话满口，在亲戚面前要摆一副江湖大佬样子的父亲，却一直找不到。

是他先开的口，嘴里混浊的一声——"你好吧？"

我点点头。

他先笑了："没事，过一个月就可以像从前那样了。"

我点点头，张了张口，实在不知道要怎么回答。我心里清楚那是不可能的事情了。

"摩托车这么久没开，还在吧。等我好了，再给你买一辆，我载着你母亲，你带你姐姐，我们一起沿着海边兜风去。"

那是我们全家唯一一次的集体出游。父亲还想回到过去，回到他还是家庭顶梁柱的那个过去。

然而第二天一早，他就摔倒了。

当时母亲去买菜，我听到沉闷的一声，跳下床，赶到他房间时，他正倒在地上，手足无措得像个小孩。见到我，着急解释，他误以为自己还是以前的那个人，早上想马上坐直身，起床，一不小心，偏瘫的左侧身体跟不上动作。整个人就这样被自己摔在地上。说着说着，我看见憋不住的泪珠就在他眼眶里打转。

他不习惯自己的身体，我不习惯看他哭。我别过头假装没看见他的狼狈，死命去拖他。当时一百斤左右的我，怎么用力也拖不起一百六十多斤的他。他也死命地出力，想帮自己的儿子一把，终于还是失败。

他和我同时真切地感受到，疾病在他身上堆积的重量。他笑着说："我太胖了，几个月不动就胖了，你别着急，我慢慢来适应。"

他小心地支起右腿，然后摸索着该有的平衡，用力一站，整个人是立起来了，却像倒塌的房屋一样，直直往右边倾倒。

我恐慌地冲上前，扛住他的右半身，但他的体重获胜了，他和我再次摔倒在地上。

这对气喘吁吁的父子俩瘫坐在地上，好久都没说一句话，好久都说不出一句话。

最后，是父亲挣扎着调动脸上的肌肉对我笑，但爬到他脸上的滋味太多了，那个笑，终于扭曲成一个我描述不出的表情。

我因此开始想象，当自己驾驭不了身体的时候，到底是怎么样的境况。我觉得有必要体验到其中种种感受，才能照顾好这样的父亲。

我会突然在笑的时候，想象自己左脸无法调动，看着别人惊异的眼神，我体会到窘迫、羞愧，也演练了如何接受或化解这尴尬。走路到一半的时候，我会突然想象自己抬不动左腿，拿筷子夹菜的时候，想象自己的力量完全无法抵达手指头。因而在那段时间里，我常常莫名其妙地摔跤。摔出的一个个瘀青，攀爬在身体上，疼疼的，麻麻的，我又会突然想，父亲的左半身，连这个都感觉不到。

在父亲刚回家的那几天，家庭的所有成员似乎都意识到，自己是在配合演一出戏码。戏码的剧本不知道，但中心主旨是传达一种乐观，一种对彼此对未来的信心。揣摩各自的角色和准确的台词。

母亲应该是个坚毅的女人，父亲大小便在床上时，她捏着嗓子笑着说，你看，你怎么像小孩了。自己仓促地笑完，转身到小巷里一个人黯然地处理床单。这个笑话很不好笑，但她必须说。说完之后，一个人去看守那个已经停业很久的加油站——那是全家人的生计。

姐姐是个乖巧的女儿，她一直守在父亲身边，按照她所能想象的一切努力履行职责——喂父亲吃饭、帮父亲按摩麻痹的半身、帮忙做饭。父亲的职位暂时空缺，母亲填补了他的工作，而姐姐也要成长到接受另外的要求。

而我，我知道自己应该是准一家之主了。像一个急需选票的政客一样，要马上察觉这几个人的各种细腻表情，以及各种表情背后的真实心境，然后很准确地分配精力，出现在他们的身边，有时，为他们快速拍板一个决定，这决定还必须配合慷慨有力的腔调，像念台词一样，字正腔圆地说出来。

这样的戏码，我们自己都察觉到，如果突然跳脱出来看，该是多么的不自然、蹩脚甚至可笑。作为不专业的演员，我们越来越难以投入，慢慢有不想演下去的不耐烦。

更重要的是，唯一的观众——生活，从来就不是个太好的观看者，它像一个苛刻的导演，用一个个现实对我们指手画脚，甚至加进很多戏码，似乎想帮助我们找到各自对的状态。

母亲一个人在倒腾油桶的时候摔倒了，以前都是她协助父亲，把这几百斤的油桶放横，推到合适的地方储存，她用九十斤不到的身躯不断地推，却丝毫不能挪动半寸。那天下课，我一如前几天先是到加油站，却见她坐在满是油污的泥地里，一个人呜呜地哭。我实在不知道我最合适的台词是什么，假装没看见，仓皇地逃回家里。

姐姐做饭慢了点，和自己身体发脾气的父亲凶了她一声，她一看到我回家，把我拉到一旁，嘟着嘴，什么话都说不出来。

最终把这戏码戳破的还是父亲。那是他回到家的第二周，他无数次试探自己的身体，反复挫败。那天蓬头垢脸的母亲一声不吭地拿来拐杖放到他身边，他看着拐杖，明白自己以后的生活，气急败坏地拿起拐杖往母亲身上一打。

感谢父亲偏瘫的另外一半，他瞄得不太准，拐杖只是擦过母亲的头，但她头上已渗出一大块瘀血，倒在地上。

然后是姐姐的尖叫、我的发怒、父亲的歇斯底里，最后是全家人的抱头痛哭。

很烂的剧情吧？把母亲扶上床，把姐姐安抚好，又和她一起完成了对父亲的喂养和身体清洗，把他扶回房。关门的时候，我对着空气这么问。

我不知道自己是在问谁，我老觉得有双眼睛在看着这一切，然后我问了第二句：故事到底要怎么走？

当然没有人回答。

父亲以为自己找到方法了。我知道，他内心里已经编制了一套逻辑，按照这套逻辑，他最终能重新找回自己的身体，重新扮演好曾经做得很好的父亲那个角色。

我也知道，这套逻辑，最后的终点必然是不可能完成的——父亲是因为心脏瓣膜脱落引发脑栓塞两次，家族内内外外的亲戚，把能问的医生都问过了，这堵塞在父亲脑子里的那块细小的瓣膜，不可能被消解，也不能用猛药一冲——如果冲到其他脑部部位，堵塞的是其他东西，又会造成另外部位的瘫痪。他不可能找回自己的身体了。这个残酷的答案我心里很清楚。

我特意到图书馆查找了瓣膜的样子，它小小的，在你的心脏里一张一合，像一条鱼的嘴。就是这么一个小东西，它现在关住了父亲的左半身。

我还知道，这套逻辑父亲实践越久，越努力坚持，最后触礁的那个烈度就越大。但我不敢拆解父亲这套逻辑，因为，我实在找不到其他办法。

总得有个人提供一套希望的逻辑，让全家进行下去。

那时即将入秋，有天晚上，他兴奋地拉住我讲，他明白过来了，自己的左半身就是脉路不通。"我不断活动，活血冲死血，冲到最后，我的另一半会活过来的。"我表演得很好，他相信我非常认可他这个想象。

在这个想象下，他可以接受拐杖作为暂时的帮助。他第一天试验，从家里走到弯道市场要多久，走到来不及回来吃午饭，最后是我们三个人兵分三路，拿着饭，终于在不远的拐角处找到他——我走过去大概二十分钟，却是他一早七点多拼命挪动到下午一点的结果。

但他却觉得这是个好的开始。"起码我知道现在的起点了。"他和我说。

第三天，他的整体方案出来了：早上八点出发，走到那个小巷的尽头折回来，这样他可以赶在十二点回来吃饭，吃完饭，休息一个小时，大概一点半出发，走到更远的弯道市场，然后他可以在晚饭七点钟赶回来。晚上则是在家里，坚持站立，训练抬左脚。

我至今感谢父亲的坚强，那几乎是最快乐的时光。虽然或许结局注定是悲剧，但一家人都乐于享受父亲建立的这虚幻的秩序。

每天母亲严格按照父亲列的时间表，为他准备好三餐，并且按照他希望的，每餐要有蛋和肉——这是长力气的。他常常说，以前当海员扛一两百斤货物没力气的时候，吃了肉和蛋，就马上扛得起了。现在他想扛起自己。

每天晚上所有人回到家，都会陪他一起做抬左脚的运动。这运动经常以家庭四人比赛的方式进行，我们都有意无意地让他赢，然后大家在庆祝声中，疲倦但美好地睡去。

我们享受这种快乐，因为这是唯一的快乐了。父亲心脏手术一次，中风两次，住院四次，即使有亲戚的帮助，再殷实的家底也空了。

留下来的加油站，错过了归顺中石油的良好时机。父亲生病前，对方提出合作，最终因父亲的病痛搁置了——也错过了进一步的扩建和升级，竞争力明显不行了。小镇的人，从内心里会更喜欢入海口那个面积很大，设备很好，还有口香糖和饮料送的大加油站。

为了生计，加油站还是必须开张。母亲唯一依靠的，是她的好人缘。她有种力量，不卑不亢却和蔼可亲，让人感觉是一个有主见的老好人。这让许多乡邻愿意找她聊聊天，顺便加油。

刻意和不刻意，附近的街坊约定着，无论入海口那加油站有多好，必然要到我家那小店来加油，虽然这里加油还是全人工，虽然母亲算数实在太差，算不好一百扣去六十二要找多少钱，而且常常不在——经常要赶回家为父亲准备各种药物、食物，洗衣服，但街坊宁愿在那等着。

姐姐和我后来也去加油站帮忙。每天母亲做饭，我和姐姐先去抽油——就是把一些油装在大可乐瓶里，摩托车来加油，一瓶就够；抽完油，我们把需要挪的油桶挪好，尽量帮母亲处理好一些重活。

　　然而，重活还是有的，比如那种大机板车，每次加油要一整个小桶。这对我家来说是大生意，但对母亲来说是过重的负担。有次她抬那油桶，抬到一半坐到地上偷偷哭起来，车主那六十多岁的母亲看不过去，也过来帮忙，搞得全身是油污。后来在彼此的默契下，机板车慢慢把时间调到五点半过后来加油，那意味着，我和姐姐可以帮忙了。

　　傍晚母亲、我和姐姐一起扛油桶，回家和父亲一起做抬左腿运动，每晚睡觉几乎都是自己昏睡过去的，但嘴角还留有笑容。

　　我投入到似乎都忘记，那终点注定是失败，注定是一场无法承受的剧痛。

　　但至少，这样的日子下来，家里竟然有点储蓄了。这让我们放松许多，在此之前，我们可以感觉到，没钱带来的不仅是生活的困顿，还有别人有意无意的疏远和躲避——即使心再好，谁都怕被拖累。

　　而这种眼神对母亲又刺激极大。

　　母亲是个极硬气的人，她若察觉到别人对她一丝的同情，就会恶狠狠地拒绝别人的好意，也有些人摆着施舍的姿态前来加油，这反而激起母亲那毫不客气的反击。

有次进门，看到母亲恐慌地躲回家里。她惶恐不安地和我说，刚有个男的开着小汽车来加油，一下车就问你父亲好不好，我说很好啊，他嘿嘿笑了一声，说他以前曾混在你父亲底下的小帮派，时移世易，人生难料，他指着自己的车，说，你看，一个这样，一个那样。

母亲气急了，把油桶往地上一扔，说，这油不加了。

那男的也被激怒了，大声凶，我是帮你们，还这么不知好歹。

气急的母亲，从路旁拾起一块石头，想都没想就往那车上扔。哐当，石头在车上砸出了一条痕。那男人气急败坏地追上来，母亲转身就跑，跑到一个地方，泪已经糊了脸，拿起另一块石头，追回去，往那男人一扔，竟然扔到那男人的头上，血顺着他的脸流下来。

母亲听到身后是一片喧哗声，但她怕极了，往家里死命跑，到了家里，关上铁门、木门，又跑进卧室关上房门，自己一个人呜呜地哭。直到我回到了家。

"我当时气急了。"她不断解释，像个做错事的小孩。

我知道，其实她不是气，或者不仅仅是气，那男人的每句话，都刺痛了她的内心。

最后，是我陪着母亲在晚上去看那好一会儿没有人管的加油站。我们做好了心理准备：被砸了？油被抢了？甚至，被烧了？其实我们也知道，无论哪种结果，对这个脆弱的家庭肯定都很难承受。

像是电视里的中奖节目，好不容易到了最后一关，最终要开奖前的那种表情。母亲一路上边捂着自己的眼睛，边往店里走。

油桶没乱，油没丢，甚至桌椅都被整齐摆好。桌子上放了一张一百块，和一个空的小油桶。

母亲和我一个字都说不出来，坐在那油味呛人的加油站里，乐呵呵地笑，然后她才想起，差点没能准时给父亲做饭，拉着我一路狂跑回家。

虽然知道根本不是台风的错。那结局是注定的，生活中很多事情，该来的会来，不以这个形式，就会以那样的形式。但把事情简单归咎于我们无能为力的某个点，会让我们的内心可以稍微自我安慰一下，所以，我至今仍愿意诅咒那次台风。

闽南多台风，这不是什么新奇的事情。通常每次台风警报，大家就忙着修修补补，把能固定的东西固定住，有漏洞的地方填上，然后关着门窗，用一个晚上，听那巨兽在你的屋顶、窗前不断地玩闹，听着它用它的气息把你完全包裹住，却不会伤到你半分。只要你不开门，一切似乎和你无关。它就像是老天爷一年几次给闽南人民上演的4D立体电影。

我是个好动的人，因此小时候特别愿意和台风戏耍。当时风也干净，雨也干净，不像如今，沾染了一点雨，就要怕化学污染。听见台风来了，打开门，大喊一声，冲出去，让风和雨围着你闹腾，再跑回家，全身湿答答地迎接母亲的责骂。

台风在于我从来没有悲伤的色彩，直到那一年。

从夏天坚持到秋天，父亲开始察觉，某些该发生的没有发生：左手臂依然习惯性地蜷在胸前，左腿依然只有膝关节有掌控感，甚至，让他恐慌的是，脚指头一个个失去感觉了。姐姐喜欢在他睡觉的时候，帮他剪指甲，一不小心剪到肉，血流了出来，姐姐吓得到处找药布包扎，他依然没有感觉地沉沉睡着。只是醒来的时候，看到脚上莫名其妙的纱布，才傻傻地盯着发呆。

我可以看到，挫败感从那一个个细微的点开始滋长，终于长成一支军队，一部分一部分攻陷他。但他假装不知道。我们也假装不知道。

他已经察觉。这种没被戳破的悲伤，像发脓的伤口一样不断淤积、肿大，慢慢地，控制不住，伤感有时候会喷发出来——

他对时间更苛刻了。他要求母亲在房间里、大厅里都挂上一个大的时钟。每天睡醒，他叫嚷着让母亲扶他起来，然后就开始盯着时钟看，不断催促，本应该是十五分钟穿好衣服的，本应该是第二十分钟帮他洗漱完毕的，本应该是第三十分钟扶他下楼的，本应该是五十分钟内准备好，并喂他吃早餐的，本应该是五十五分带他再上次厕所的，本应该是八点准时跨出那门的……但是，为什么这里慢了一分钟，那里又拖了两分钟。

他会突然把桌子上的东西一扫，或者拿拐杖敲打地面不断咆哮："你是要害我吗？你是要害我吗？"

仿佛，恰恰是母亲手忙脚乱来不及跟上的每分钟，害他无法如期完成对自己另一半身体的调动。

秋日的第一场台风要来了。前一天下午，我就和母亲把整个房子视察了一遍。这是全家在父亲生病后要度过的第一场台风，按照天气预报，这是几年来最大的一次，而且恰恰从我们这个小镇登陆。

电视台里播放着民政部领导来驻守前线的消息，CCTV的记者也对着还未刮起显得无精打采的风，有点遗憾。他或许很期待，在狂风暴雨中，被风吹得站都站不稳，需要扶住某一棵树，然后歇斯底里地大喊着本台记者现场报道的话。

他会如愿的。台风就是这样，来之前一点声息都没有，到来的时候就铺天盖地。

先是一阵安静，然后风开始在打转，裹着沙尘，像在跳舞，然后，突然间，暴风雨在下午一点多，枪林弹雨一般，呼啸着到来了。我看见，路上的土地被细密地砸出一个个小洞，电视里那记者，也如愿地开始站在风中嘶吼着报道。

母亲早早关掉店面回家了，台风天本来不会有人出门的。父亲也如期做完上午的锻炼回来了。我起身要去关上门，却被父亲叫住，为什么关门？

台风天，不关门待会全是水。

不能关，我待会要出门。

台风天要出什么门？

我要锻炼。

台风天要做什么锻炼？

你别害我，我要锻炼。

就休息一天。

你别害我。

父亲连饭都不吃了，拿着拐杖就要往门外挪去。

我气急了，想抢下拐杖，他拿起拐杖就往我身上打。打在手臂上，马上是青色的一条。母亲赶紧起身去把门关上。父亲咆哮着一步步往门口挪，他右手要拿着拐杖维持住平衡，偏瘫的左手设法打开那扇门，却始终打不开。

他开始用拐杖死命敲打那门，边哭边骂："你们要害我，你们要害我，你们就不想我好，你们就不想我好。"

那嘶喊的声音锐利得像坏掉的拖拉机拼命发动产生的噪音。邻居开始有探头的，隔着窗子问怎么了。

我气急了，走到门口，把门打开，你走啊你走啊，没有人拦你。

父亲不看我，用拐杖先探好踩脚的点，小心翼翼地挪动那笨重的身躯。身体刚一出门，风裹着暴雨，像扫一片叶子一样，把他直接扫落到路的另一侧了。

他躺在地上，挣扎着要爬起来。我冲上前要扶起他，他显然还有怒气，一把把我推开。继续一个人在那挣扎，挣扎，终于瘫坐在那地方了。

母亲默默走到身后，用身体顶住他的左侧，他慢慢站立起来了。母亲想引着他进家门，他霸道地一把推开，继续往前走。

风夹着雨铺天盖地。他的身体颤颤悠悠颤颤悠悠，像雨中的小鸟一样，渺小，无力。邻居们也出来了，每个人都叫唤着，让他回家。他像没听见一样，继续往前挪。

挪到前一座房子的夹角处，一阵风撞击而来，他又摔倒了。

邻居要去帮他，他一把推开。他放弃站起来了，就躺在地上，像只蜥蜴，手脚并用往前挪……

最终他自己彻底筋疲力尽了，才由邻居帮忙，把他抬回了家。然而，休息到四点多，他又自己拿了拐杖，往门口冲。

那一天，他就这样折腾了三次。

第二天，台风还在，他已经不想出门也不开口说话，甚至，他也不愿意起床了。躺在床上，茫然无措的样子。

没有声息，但他的内心里某些东西确实完全破碎了。这声音听不见，但却真实地弥漫开。而且还带着味道，咸咸的，飘浮在家里，仿佛海水的蒸汽一般。

他躺在床上，仿佛生下来就应该在那儿。

不言不语了几天，他终于把我唤到床前，说，你能开摩托车带着我到海边兜兜吗？

那个下午，全家人七手八脚总算把他抬上摩托车，和负责开摩托车的我，用一块布绑在一起。

秋天的天光雪白雪白，像盐一样。海因而特别好看。我沿着堤岸慢慢开，看到有孩子在那烤地瓜，有几个少年仔喝完酒，比赛砸酒瓶子，还有一个个挑着箩筐、拿着海锄头的渔民，正要下海。

父亲一直没说话。我努力想挑开个什么话题。我问，以前不是听说你收的兄弟，是这片海域最牛的帮派的吗？那条船上的人在向我们招手，是你以前的小弟吗？

他在后面安静得像植物一样，像他从来不存在一样。

回到家他才开了口："好了，我心事了了。"

我知道，他认为，自己可以死了。

疾病彻底击垮他了。他就像是一个等待着随时被拉到行刑场的战俘，已经接受了呼之欲出的命运。

这种绝望反而也释放了他。

他不再假装坚强了，会突然对着自己不能动的手臂号啕大哭；他不再愿意恪守什么规矩，每天坐在门口，看到走过的谁不顺眼就破口大骂，邻居家的小狗绕着他跑，他心烦就一棍打下去，哪个小孩挡住他慢慢挪行的前路，他也毫不客气地用拐杖去捅他。他甚至脱掉了父亲这个身份该具备的样子，开始会耍赖，会随意发脾气，会像小孩一样撒娇。

那些下午，每次我放学回家，常可以看到门口坐着一群年老的乡里，围在他身旁，听他讲述着一些稍微夸大的故事，跟着抹眼泪。又或者，有不同的邻居登门，向母亲和我告状，父亲与他家孩子或者小狗吵架的故事。

父亲的形象彻底崩塌了。姐姐和我对他的称呼，不断调整，从"父亲"一路退化到昵称阿圆，甚至到后来，他与我那刚出生的外甥女并列，外甥女昵称小粒仔（闽南语叫娇小、圆润、可爱），家人都称呼他为大粒仔。

他竟然也乐于这样的称呼。继续惹哭那些年老的乡里，和邻居的小狗吵架。

然而，死亡迟迟没来。

为了期盼死亡的到来，他讲话都特意讲述得好像是遗言的感觉。他会说：我不在了，你自己挑老婆要注意；会说：我一定要火化，记得你走到哪就把我带到哪。他几次还认真地想了半天：没事的，我不在，家还在的。

51

我一直把他的这种话，当作对疾病和死神孩子气的娇嗔，然而，这种话还是刺痛我。特别是那句"我不在，家还在的"，会让我气到对他发脾气。

不准你这么说。我会大声地凶他。

我说的是实话。

反正以后不准你说。

他不吭声了。过一会儿，随便哪个人路过了，不管那人在意不在意，他会对着那人说："我刚给我儿子说，我不在了，家还会在，他竟然对我发脾气，我没错啊。"

然后转过身，看我是否又气到要跑来凶他。

一开始我真的不习惯这个退化为孩子的父亲，何况撇去他的身份，这还是个多么奇怪的孩子，动不动把刺痛我的生死挂在嘴上。但我也知道，这是他能找到的最好的生活方式。

虽然死亡一直没等来，他却已经越发享受这样的生活方式。慢慢地，他口中的死亡似乎已经不是死亡，而是一个他没盼来的老朋友。他开始忘记自己决定要离开的事情，偶尔说漏了嘴："儿子啊，你有了孩子会放到老家养吗？儿子啊，孙子的名字让不让我来取？"

我会调侃着问："怎么，不死了？"

"死!"他意识过来了,"还是要赶紧死。"然后自己笑歪了嘴,一不小心,口水就从那偏瘫的左边嘴巴流了下来。

这个生僻的医学知识是父亲生病后我才知道的:冬天天冷,人的血管会收缩。上了年纪的人因此容易疲惫,而对父亲这样的中风者来说,血管收缩,意味着偏瘫的加剧。

上一个冬天他走路越来越不方便,几次左脚都迈不出步去,直接摔倒在地上。摔得头破血流,全身瘀血。我终于以一家之主的身份,下令他在这个冬天要乖乖待在家里不准乱动。

他听了,像个小孩一样,眼眨巴眨巴地看着我,问:"如果听话,是否可以买我最喜欢的卤鸭来吃?"

我实在不明白,闽南的冬天何时冷得这么刺骨。我时常一个人站到风中去,感受一下风吹在头上头皮收缩的感觉,然后着急地为父亲套上帽子,裹上大衣。一不小心,原本就肥胖的父亲,被我们包裹得像颗巨大的肉丸一样,他常会取笑自己,这下真成了"大粒仔"了。

然而,那个冬天他还是突然昏倒了。吃饭吃一半,他突然扶住头说，有点晕，然后就两眼翻白，口吐白沫。

被惊吓的母亲赶忙掐人中，并嘱咐姐姐端来温开水，我则赶紧一路狂奔到医生那里去求助。

"我真以为自己要死了。"醒来之后他说，"唉，我真有点舍不得。"

"那就别死了。"我抱着他，久久不肯放。

好消息是，父亲又怕死了。不过医生也告诉我另外一个坏消息：随着年龄增长，父亲的血管会越来越收缩，以致"左半身会完全不能动，甚至以后大小便要失禁的"。

晚上，母亲拉着我偷偷商量。她算了一下，父亲可能再五年就完全要在床上了，她告诉我："别担心我来负责照顾他。"那晚，母亲还算了另外的账，假如父亲活到八十岁，每年需要的药费，两个老人的生活费，以及"娶老婆的钱"，总共还需要很多很多。

"别担心，我们母子俩是战友，即使以后你爸不能动，我会边照顾你爸边做手工。而趁这五年，你能冲尽量冲。"——这是我们母子的约定。

虽然父亲像个孩子一样，拉着我不让我远行，但他也接受了我去北京找工作的准备。按照与母亲的约定，这五年我要尽量冲，每年就两三次回家，而且每次回家都是带着工作，常常和父亲打个照面，又匆匆关在房间写文章。几次他想我想急了，大清早在楼下不断叫我名字，通常写稿到凌晨五六点的我，睡眼惺忪地起身，走到楼下来，发脾气地说了他一通，让他别再吵我，然后摇摇晃晃地回房去睡。但第二天，他又一大早叫我的名字。

工作了三年，我惊讶地发现攒的钱竟然有将近二十万。没有告诉母亲，但我心里竟然产生一个奢侈的念头：把父亲送到美国看看，听说那里有一种可以伸入人大脑血管的纳米钳，那种仪器有可能把堵在父亲大脑里的那个瓣膜拿出来。

我开始像个守财奴，每天白天苛刻地计算一分一毫的花费，到晚上总要打开网上账户，看看那一点点增长的数字。

一切正在好起来，我和母亲说。她不知道我的计划，但她显然很满足这种已经摆脱生存困境的生活。心里暗暗想，再三年，要帮父亲找回他的左半身，然后，我的家又会康复了。

然而，那个下着雨的午后，路上的电视机正在播放着世界杯开幕式的倒计时。我突然接到了堂哥的电话。

你方便说话吗？

方便啊，你怎么没看世界杯，你不是很爱看足球吗？

我不方便看。我要和你说个事情，你答应我，无论如何，一定要想得开。

你怎么了，说话这么严肃？

你答应我吗？

嗯，好啊。

你父亲走了。下午四点多，你母亲回家，看到他昏倒在地上，她赶忙叫我们开车送他到医院急救。但在路上，他已经不行了。

你不是已经不想死了吗？我心里痛骂着父亲。

你不是不想死吗？你怎么一点诺言都不守？

从北京搭飞机到厦门，又转车到家，已经是晚上十一点多。父亲躺在厅堂前，还是那肥嘟嘟、一脸不满意的样子。邻居的家里，传来世界杯开幕式的欢呼声。这是四年一度全世界的狂欢，他们没有人知道，这一天，我生命中最重要的一个人不见了。

我哭不出来，一直握着父亲的手。

那是冰冷而且僵硬的手。我压抑不住内心的愤怒，大骂着，你怎么这么没用，一跤就没了，你怎么一点都不讲信用。

父亲的眼睛和嘴角突然流出一条条血来。

亲戚走上来拉住我，不让我骂，她说，人死后灵魂还在身体里的，"你这样闹，他走不开，会难过到流血水，他一辈子已经够难了，让他走吧，让他走吧。"

我惊恐地看着不断涌出的血水，像哄孩子一样轻声地说："你好好走，我已经不怪你，我知道你真的努力了……"

哄着哄着，我终于忍不住号啕大哭起来。

父亲火化后第二天，我做了一个梦，梦见他不满地问我，为什么只烧给他小汽车，没给摩托车，"我又不会开小汽车。"梦里他气呼呼地说。

醒来告诉母亲，不想，她说她也梦到了。梦里父亲着急地催着：他打算自己骑摩托车到海边去逛逛，所以要赶紧给他。

"你那可爱的父亲。"母亲笑着说。

重症病房里的

圣诞节

我记得那是条长长的走廊，大理石铺就，再柔软的脚步踩踏上去，都会听到厚重的回声。声音堆堆叠叠，来回在走廊里滚动。冷色的灯光静静地敷在上面，显得走廊更长、更深了。

每个房间的门口，都挂着他们相聚在此的理由：心血管、脑外科……疾病掌管着这里，疾病就是这里的规则，疾病也是这里的身份。

无论他们是谁做过什么，可能刚从一台典礼中被请下来，又或者刚插完秧坐在田埂休息一下，醒来，他们就在这里。

疾病在不同的地方找到了他们，即使他们当时身处不同的生活，但疾病一眼看出他们共同的地方，统一把他们赶到这么一个地方圈养。

在白色的床单上，在白色的窗帘边，在白色的屋顶下，他们的名字都不重要，他们统一的身份是，某种病的病人。在这里，人与人的关系也被重组了，同一种疾病的人，会被安排在邻近，经过几天的相处，他们成了最熟悉的人。

他们讨论着身上唯一，也是现在最本质的共同点，小心比较着各种细微的区别："我四五次正常的呼吸，就要大力吸一次气，你呢？""我大概六七次正常的呼吸。""我今天左脚拇指就能感到痛了。""我还不行，但感到有股热流好像慢慢流到那……"

意识在这躯壳中爬进的一点点距离，发生的一点点小障碍，他们都能感觉到：在这里，灵与肉的差别第一次这么清晰。在这里，他们第一次像尊重自己的情感和灵魂一样，那么尊重自己的肉身。

十六岁时，我因父亲的疾病抵达了这里。

这个叫作重症病房的地方，位于这医院的顶楼。电梯门一打开，就是这走廊，以及那一个个惊心动魄的疾病名字。他们各自占据了几个病房，以俘房的数量来显示自己的统治力。到了这最顶层，我才知道医院的秘密：原来在疾病帝国，也是用武力统治的，谁最残忍最血腥，谁就站在最高的位置。

医院一楼是门诊大厅和停尸房。可以随意打发的疾病，和已经被疾病废弃的身体，比邻而居。生和死同时在这层盛放。

这都是最无能的疾病的作品——死亡不是疾病的目的，疾病是尽可能占有身体，用自己的秩序统治那身体。所以简单的死和简单的创伤都是最低级的疾病。

因为常要出外买些补给品，也因为我需要经常性地逃离病房的气氛，出去走走，我每天几乎都要从一楼经过。

从顶楼下来有两种选择：一部电梯就在父亲的病房旁边，虽然是直直通到门诊大厅，却因为使用者众多，几乎每层都要停一下。从顶楼一路往下，路过不同等级的疾病。这一层是脑科，这一层是内科，这一层是外科……然后抵达最底层，一打开，嘈杂的生气马上扑面而来。

另一部电梯是医院工作人员专梯，因而人特别少。这专梯有个不成文的规矩，重症病房病人的家属可以使用——每次搭这部电梯，医院工作人员的眼神，就如同在看自己的战友：我们有共同的秘密，我们曾感受过死亡的气息。

这电梯位于医院最僻静的东南角，要从那走廊一路走到底，一路经过那一个个病房。我最恐惧走这段路，因为我控制不住自己的眼光，总要一个个去数，每张病床上，原来的那人是否在。然后，一不小心，会发觉某人不见了。

我厌恶这种感觉，就像你按照自己的记忆走一条印象中很平坦的路，然后突然哪里凹陷了，一踩空，心直直往下坠。

所以我一向选择那部通往门诊的电梯。虽然需要从门诊大厅经过，依次穿过拥挤的人群、暴躁的声响和潮湿的汗味，但我享受这种人间的味道。甚至能感受到，这各种声响偶然组成的某种音乐感，还有那各种浓度的汗味，将会在你的感官中形成不同程度的刺激。每次电梯打开，感受着这声响和汗味扑面而来，会忍不住兴奋，猜测自己将寻找到哪段乐曲，将被击中哪部分的感官。这是人间的乐趣，我想。

我很快知道了这里的其他小孩。知道，但不认识。

有种东西，隔阂着彼此，注定无法做非常好的朋友——目光，太透彻的目光。这里的小孩脸上都有双通透的眼睛，看着你，仿佛要看进你的心里。我知道那是双痛彻后的眼睛，是被眼泪洗干净的眼睛。因为，那种眼睛我也有。

和拥有这种眼睛的人说话，会有疼痛感，会觉得庸俗的玩笑是不能说的，这么薄的问题，在这么厚的目光前，多么羞愧。于是会想掏心掏肺，但掏心掏肺在任何时候都是最累的，通常只要说过一次话，你就不想再和他说第二次了。

同样，你也看到，他也躲着你。

或许还有个原因，作为疾病的孩子，你知道他太多秘密：他内心如何悲伤，如何假装，他和你说笑话的时候是想很刻意地遗忘，但他的这种遗忘又马上会催生内心的负罪感。

所以，我早就放弃在这里交到任何同龄的朋友。

渐渐地，当新来的小孩试图越过划定的距离，试图和我亲近，我会冷冷地看着他，直到那眼神把他们吓跑。

但，除了守着父亲的疾病，我还必须有事做。在这里，你一不小心留出空当，就会被悲伤占领——这是疾病最廉价、最恼人的雇佣兵。

比如，在帮父亲换输液瓶时，会发觉他手上密密麻麻的针孔，找不到哪一寸可以用来插针；比如医生会时常拿着两种药让我选择，这个是进口的贵点的，这个是国产的便宜的，你要哪种？我问了问进口的价钱，想了很久。"国产的会有副作用吗？""会，吃完后会有疼痛，进口的就不会。"我算了算剩下的钱和可能要住院的时间，"还是国产的吧。"

然后看着父亲疼痛了一个晚上，怎么都睡不着。

隔壁床家属偶尔会怪我："对你父亲好点，多花点钱。"

我只能笑。

一开始我选择和一些病人交朋友。家属们一般忧心忡忡，病人们为了表现出果敢，却意外地阳光。每个病人都像个小太阳一样。当然，代价是燃烧自己本来不多的生命力。

我特别喜欢另一个房间的漳州阿伯，他黝黑的皮肤，精瘦的个子，常会把往事以开玩笑的形式挂嘴上。他是个心脏病患者，说话偶尔会喘，除此之外似乎是个正常人。

一碗米饭吃不下，他会笑着说，当年我去相亲，一口气吃下四碗米饭，把丈母娘吓死了，但因此放心把老婆给我。扶着他去上厕所，他自己到那格子里，抖了半天抖不出一点尿，会大声叫嚷着以便让门外的我听到："怎么我的小弟弟不会尿尿，只会一滴一滴地哭。"

他甚至还调戏护士，某个护士稍微打扮了下，他会坏笑着说，晚上我们去约会？

他的亲人都骂他老不羞，边骂边笑，后来整个医院里的人都叫他老不死。

"老不死你过来讲个笑话！"

他正在啃着苹果没空答。

"老不死你死了啊？"

他会大声地答："在，老子还在，老子还没死。"

父亲很妒嫉我总找那阿伯。他也振作起来想和我开玩笑，甚至开始和我主动爆料，他谈过的恋爱、做过的糗事。但我还是三不五时往隔壁跑。然后以这个阿伯为榜样，教育父亲：你看，人家从心底开心，这样病就容易好。

父亲放弃竞争了，却死活不肯和阿伯讲一句话。

每天傍晚我都要到二楼的食堂去买吃的。我照例打包了三份粥、一份肉、一份菜，然后照例想了想，顺便给漳州阿伯带块红烧肉——医生不让他吃，他的亲人不给他买，他一直叫我偷偷买给他。

电梯上来先经过他在的那个病房，再到父亲的病房。

我走过去看到他的病床空空的，想了想，可能他们全家去加餐了。到了父亲的桌子前，摆开了菜，和父母一起吃。我漫不经心地问："那漳州阿伯好像不在，他们去加餐了，有什么好庆祝的？竟然不让我跟。"

"他走了。"母亲淡淡地说，眼睛没有看我。

我一声不吭地吃完饭，一个人爬到医院的楼顶去看落日。在上面，我发誓，不和这重症病房里的任何病人交朋友了。然后安静地回到父亲的病房，把躺椅拉开，舒服地摊在那。假装，一点悲伤都没有。

打扫卫生的王阿姨成了最受欢迎的人。医院阿姨一般来自乡下，身上还带着土地的气息。她说话的嗓门大，做事麻利。

说起来她并不是那么好的人，贪小便宜，如果你没有给点好处，就边收拾边骂骂咧咧，有时候干脆假装忘记。她说话非常刻薄，偶尔有刚来的孩子在走廊开心地嬉闹，妨碍了她的工作，她会把拖把一扔，大声地喊："这是谁家的孩子，这么不懂事，家人都快死了，还有心情在这闹？"

孩子哭了，声音在走廊一起一伏。过一会儿，一个大人跑出来，做贼一样把孩子抱了就走。然后隐隐传来啜泣声。

其实她好人缘的根本原因来自，重症病房里太少可以交往的对象。只有她，似乎是和疾病最不相干的人，不用担心，要在她面前掩饰悲伤或者承受她的突然消失。而且她的坏脾气恰好是个优点：确保你不会很深地和她发生情感。

我见过太多家属，一离开就像逃离一样，恨不得把全部记忆抹去，走出去的人从不见有回来的，仿佛这里只是一个幻境。

我尝试理解她的市侩和不近人情。她应该曾经用心和一些病人交往过，然而病人的一次次消失，让她慢慢学会了自我保护。无论当时多么交心，那些亲属也不会愿意再在尘世见到她。

理解之后，我突然对她亲近了许多。

我努力挖掘她让人开心的部分，比如，她会提供楼层间的八卦：四楼骨科的那个老王，上厕所的时候跌倒，把另外一条腿也摔了，两条腿现在就 V 字形地吊在床上；二楼妇产科，生出了对连体婴，父母着急坏了，哭得像泪人，医生们还在开会研究，怎么剖离。"我趁着打扫的时候，偷偷瞄了眼，乖乖，真像庙里的神灵。"她习惯张牙舞爪地说话。

这个消息像是只跳蚤从此就落入我的心坎里。好几天，整个楼层都在讨论，并开始想象他们未来的生活如何。

就像一出跌宕起伏的连续剧，谜底一个个揭开：

早上阿姨来，宣布了性别，是两个男婴。众人一片唏嘘："多可惜啊，本来双胞胎男孩子该高兴坏了。"

下午阿姨来，宣布医生打算用锯子锯开，正在讨论方案。众人一片哗然，整个晚上研究如何锯，并运用自己经历的几次手术的经验，交流可能性。

隔天所有人盼着阿姨来，她终于说了："但可惜心脏连在一块。"

众人开始纠结了。"哎呀，一辈子要和另一个人一起吃饭睡觉。"

二楼的另外一大片区域，是妇产科。我每次打完饭经过那，总喜欢探头探脑。医院里的护士几乎都认得我，其他区域病房的人都会让我进去游荡，这似乎是重症病房家属的特权。然而，妇产科的人却总拦住。或许他们不愿意我们身上带着的疾病的信息传递到新生的人群里去。

在重症病房，妇产科里的故事是最受欢迎的，说起一个小孩的任何一颦一笑，都会有极大的反应。在重症病房这个楼层的人看来，那里简直就是旅游胜地。和我同处于这楼层的孩子，也都特别向往那科室，想着不同法子突围。

有的装成去送饭的，有的装成刚买药回去的，有的还玩起了乔装——戴上个帽子，别上个口罩，都被逮了出来。

好说歹说，王阿姨答应带我去，条件是，我要把看的那几本教辅书送给她——她想给自己的孩子。

我拿着水桶，跟着王阿姨，她身上散发着浓重的汗味，每走一步就要喘一声。终于来到那关卡，对着门的那两个值班护士，充满质疑地看着我。

王阿姨说："我今天身体不舒服，他主动帮忙，真是个好孩子。"

护士想了想，拿出一件护士的蓝色外套给我套上，然后又叫住我："你最好先去消毒室消毒一下。"

被歧视的猜想这次被正面印证了，我把外套一扔，跑回了重症病房。

那连体婴儿我决意不想看了。但她还是日复一日地直播。直到一个星期后，不管别人怎么追问，她都不说。

每个人都明白了，是大家共同熟悉而亲近的朋友带走了这两个小孩。

那个朋友的名字谁也不想提，因为谁都可能随时被带走。

我可以从眼神里感觉到，护士长和新来的那个医生正在发生什么。

护士长年轻时肯定是个甜美的女孩，瓜子脸，笑起来两个酒窝。不过从我认识她，她就永远一副冷若冰霜的样子，说话一直在一个声调。

楼层最中间，是护士间，那是类似酒吧柜台的样子，半人高的桌子，有限度地隔开了病房和她们。紧挨着的房间，我们称之为贵宾室。贵宾室的门一直是关着的，只有那些医生才能进进出出。

关于贵宾室里面的摆设，在没有多少信息流通的这个楼层，也成了长盛不衰的话题。听说椅子是欧陆风格的，铺着毛地毯，里面还有台球桌。

但每个家属早晚都要进到里面去——那意味着，你家里的病人要直面生死，要动手术了。

程序一般是这样的：通常前一天的晚上护士长会笑着拿着张通知单给你，然后说，晚上医生们想邀请你去办公室一下，记得带上觉得必要的人。晚上八点开始，护士长一个个病房去敲门，把一队队家属分别往那贵宾室带。

推门进去，门关上了，第二天一早就可以看见，他们的亲人被推进手术室，从此不见了——如果手术成功了，会送到紧急情况看护室，调理一段时间，然后送到楼下各专业看护室，或者直接出院。如果失败了，他们谁都不会回来了。

对于护士长和年轻医生的恋爱，重症病房里的每个人都惴惴不安。恋爱在这个地方看来，其实只是极端的情绪，有极度的开心，也意味着同时可能有可怕的不开心。护士长稍微情绪一波动，就意味着打针的时候更疼了，或者是办杂事时的不耐烦。虽然他们都尽量保持专业，但是脆弱的病人和家属们，看着他们脸上曲线的一起一伏，内心都要跟着一跳一宕。

于我来说，更是个紧张的事情，因为那年轻医生，恰恰是心血管科的，将来，手术的某个环节上他有可能掌管着父亲的生死。

于是，他们两个的情感成了整层楼最重要的安全事件，大家会私底下交流着对他们恋爱进程的观察，来决定集体将如何地推波助澜。

一开始有人建议，不如造谣让他们分开。他们开始在

72

护士长帮他们打针的时候，说，好像看见某某医生和另一层的护士出去了。哦，是吧。针意料之中地没打中血管，痛得病人唉唉叫。

有人张罗着，要给医生介绍有钱又漂亮的女孩子，护士长听到了，闯进那病房里，叉着腰就骂："你们是活得太舒服了吗？"众人静默。

从此，一切都是往推进他们情感稳定的方向上布局了：甲负责打探护士长需要什么，乙建议医生怎么买，谁听到护士长如何地不开心，都要负责让她开口，然后集体研究解决办法。

我并不是其中太重要的参与者，只需要每次看到护士长的时候，笑着说，姐姐今天真漂亮。有意无意在医生面前说护士长如何地体贴、负责，然后要提高声调说："要是以后我能娶这样的老婆就好了。"

但通常，我都是在厕所碰到他。他不耐烦地拉起拉链，说，你这小毛孩懂什么，再乱说就揍你。我点点头，不能告诉他，根据大会要求，我坚持一定要见一次说一次。

这样的日子过得战战兢兢，却也热闹非常。慢慢地，我发觉医生开给父亲的刺激性药越来越少，然后要求我们，每天陪着父亲做复健。我隐隐约约感觉到，进贵宾室的日子近了。

那个晚上，护士长来叫我和母亲了。从护士室的柜台进去，总算打开了那扇贵宾室的门：几张大大的办公桌，配着靠背椅。唯一的亮点只有，一张软软的沙发。

沙发是用来给家属坐的。让他们感到安全和放松。

我来不及失望，主治医师已经坐在沙发的另一角，看我们来了，满脸堆笑地迎接。他握手的时候特意用了用力，这让我不禁猜测，这笑容，这握手，还有这沙发，都是精心研究的专业技术。

其他医生各自散落在周围，那恋爱中的年轻医生也在。他果然参与了父亲的手术。

主治医师讲了一堆术语，母亲和我一个字都听不懂。

"医生，您能告诉我，手术成功率有多少？"母亲直接打断。

"百分之六十。我和你们解释下可能的风险，病人的手术，是把整个心脏拿出来，先用心脏起搏器维持，如果中间血压过低了，就可能不治；然后要切开那瓣膜，换上人工的瓣膜，如果这中间有小气泡跑进去了，那也可能不治……"

母亲有点头晕，想阻止医生说下去。

但他坚持一句话、一句话说着。"抱歉，这是职责。"他说。

过了大概有整个世纪那么久，医生问："那么是否同意手术了？如果手术，百分之六十的成功率；如果不手术，估计病人活不过这个冬天。"

母亲愣住了，转过头看着我："你来决定吧，你是一家之主。"

"我能想想吗？"

"可以，但尽快，按照检测，病人的手术再不做，估计就没身体条件做了。如果可以，手术后天早上进行。"

我出了贵宾室，一个人再次爬上医院的屋顶。屋顶四周用一人高的铁丝网圈住，估计是担心轻生的人。

意外地，却有另外一个和我差不多同龄的人。我认出来了，他是在我前面进贵宾室的人，看来，他也被要求成为一家之主。

按照默认的规矩，此刻应该彼此沉默的，但他却开了口："明天是圣诞节，你知道吗？"

"是吧。"我这才意识到。

"我父亲一直想回家过春节，他说他很想看，过年老家的烟花，你说圣诞节能放烟花吗？"

"不能吧。"

他没再说话，两个人各自继续看着，夜幕下，路灯边，熙熙攘攘的人群。

我还是签了同意书。母亲甚至不愿意陪我再进到贵宾室。她害怕到身体发抖。

签完字，那恋爱中的医生负责来教授我一些准备：明天晚上，你记得挑起你父亲各种愿望，让他想活下来，越多愿望越好。"一个人求生的欲望越强，活下来的机会就越大，更多是靠你们。"

傍晚依然我负责打饭。母亲交代要买父亲最喜欢的卤鸭，虽然他不能吃，但让他看着都好。但我突然想，不能买给他，而是买了他最不喜欢吃的鱼片和蔬菜。

父亲显然生气了，一个晚上都在和我唠叨。

我哄着他，"后天买给你吃，一整只鸭好不？"

父亲不知道手术的成功率，但他内心有隐隐的不安。他显然有意识地要交代遗言："你以后要多照顾你母亲知道吗？"

"我照顾不来，你看我还那么小。"

他着急了。

又顿了口气："怎么不见你二伯？我给你二伯打个电话，我交代他一些事情。"

"二伯忙自己的事情去了，没空和你说话，等你出来再说。"

他瞪着我："你知道气病人是不对的。"

"我没气你啊，我只是说实话，二伯说后天会过来陪你一整天。"

"你这调皮鬼。"他不说话了。

我不知道自己的这场赌博是否对，如果不对，如果父亲就这样离开我，今天晚上这样的对话会让我自责一辈子。

走廊上有孩子在闹着，说今天是圣诞节，吵着要礼物。但没有多少反应，就像一块石头投进深深的水潭，一下子不见了踪影。他不知道，这里有另外的四季、另外的节气。

母亲内心憋闷得难受，走过去想把窗打开。这个时候，突然从楼下冲上一缕游走的光线，擦着混浊的夜色，往上一直攀爬攀爬，爬到接近这楼层的高度，一下子散开，变成五颜六色的光——是烟花。

病房里所有人都开心了，是烟花！

烟花的光一闪一闪的，我转过头，看见父亲也笑开了。真好，是烟花。

我知道这是谁放的，那一刻我也知道，他是那么爱他的父亲。我从窗子探头出去，看见三个保安正把他团团围住。

九点，父亲被准时推进去了。二伯、三伯、各个堂哥其实昨晚就到了，他们和我就守在门口。

那排简单餐厅常有的塑料椅，一整条列过去，硬实得谁也坐不了。

十点左右，有护士匆匆忙忙出来。母亲急哭了，但谁也不敢问。

又一会儿，又一群医生进去了，二伯和三伯不顾禁令抽起了烟，把我拉到一旁，却一句话也没说。

快到十二点了，里面的医生和护士还没动静。等待室的所有人像热锅上的蚂蚁。

过了十二点，几乎谁都听得到秒针跳动的声音了。堂哥想找个人问问情况，但门紧紧关住，又没有其他人进出。

一点多，一个护士出来了，什么话也没说就走了。

亲人们开始哭成一团。

二伯、三伯开始发脾气："哭什么哭，医生是忙，你们别乱想。"却狠狠地把烟头甩在地上。然后，各自躲到安静的角落里。

等父亲送到紧急情况看护室里，我到处寻找，就是找不到那个男孩。

"今天没有其他做完手术的病人送这来了吗？"

"没有，只你父亲一个。"看护的医生说。

我挂念着实在坐不住，隔天瞒着亲人，一个人回到重症病房。病人和家属们，看到我都掩饰不住地兴奋，纷纷上来祝贺我。我却没有心思接受他们的好意。

"你知道和我父亲同一天手术的那个人怎么样了吗？"

"对的，他有个和我差不多年纪的男孩。"

"昨天一早他父亲和你父亲差不多时间推出去，就再没见到他了。"终于有人回答我。

我一个人默默搭着电梯，走到楼下。燃放烟花的痕迹还在那，灰灰的，像一层淡淡的纱。

我知道过不了几天，风一吹，沙子一埋，这痕迹也会不见的。

一切轻薄得，好像从来没发生过。

我的神明朋友

父亲葬礼结束后的不久，母亲便开始做梦。梦里的父亲依然保持着离世前半身偏瘫的模样，歪着身子，坐在一条河对岸，微笑着、安静地看着她。

这个没有情节、平静的梦，母亲却不愿意仅仅解释成父亲对她的惦念，她意外地笃定，"你父亲需要帮忙。"

"如果他确实已经还够了在这世上欠下的债，梦里的他应该是恢复到他人生最美好时候的模样，然后他托梦给某个亲人一次，就会完全消失——到天堂的灵魂是不会让人梦到的。"

"所有人都是生来赎罪，还完才能撒身。""上天堂的灵魂是不会让人梦到的。"这是母亲笃定的。

于是母亲决定，要帮帮父亲。

我也是直到后来才知道，年少时的母亲，是个不相信鬼神的硬骨头。虽然作为一个神婆的女儿，母亲应该一开始就是个对信仰笃定的人。

母亲出生在新中国成立后不久。那是个格外强调政治理念的时代，政治标语贴满了祠堂寺庙，不过，外婆和阿太依然在自己家里天天燃上敬神的烟火。让母亲在这个家庭中坚定理性主义的，其实和那一切政治教育无关，她只是因为饥饿，她不相信真正慈爱的神灵会撒手不帮她无助的家人。

母亲有一个姐姐、两个妹妹、一个哥哥和一个弟弟。这些孩子是政府鼓励生育时期一一落地的。和世界各地的情况一样，政府似乎只负责理念上的指导，日子却需要一个个人自己去过。除此之外，这个家庭的负担，还有半身偏瘫在家里伺候神明的外婆。母亲很愿意讲起那段过去，却从不愿意刻意渲染困难。她愿意讲述那个时代，人若无其事的隐忍。用她的话说，那时候困难是普遍现象，因此困难显得很平常，显得不值一提。只是每个家庭要想办法去消化这种困难，并且最终呈现出波澜不惊的平凡和正常。

母亲最终习得的办法是强悍。在以贤惠为标准要求女性的闽南，母亲成了住家附近，第一个爬树摘果子的女孩。树上的果子当然无法补贴一家人每日的运转，母亲又莫名其妙地成了抓螃蟹和网虾的好手，这一切其实只有这么一个秘诀——强悍。起得比所有人早——即使冬天，四五点就把脚扎进沼泽地；去到所有人不敢去的地方（岛礁附近肯定盛产贝类，大多数人担心船触礁或者有乱流不敢去）……年少的母亲因此差点死过一回。

和世界上很多道理一样，最危险的地方看上去都有最丰厚的回报。傍晚的暗礁总能聚拢大量的鱼，只是潮水来得快且凶，浩浩荡荡而来，水波像一团又一团的拥抱把岛礁抱住，如果没能在这拥抱到来前逃离，就会被回旋的水流裹住，吞噬在一点点攀爬的海平面里。

那个傍晚，对食物的贪恋让母亲来不及逃脱，水波一圈圈拥抱而来，站在岛礁上的母亲被海平面一点点地吞噬。不远处有小船目睹这一幕，试图拯救，但那小船哆嗦着不敢靠近，船上的人只能在水流另一面惊恐地呼叫。

事情的最后解决是，母亲依然顽固地背着下午的所获，一口气扎入水流里，像负气的小孩一样，毫无策略地和缠在自己身上的水线愤怒地撕扯。或许是母亲毫无章法的气急败坏，让水鬼也觉得厌弃，母亲被回旋的水流意外推出这海上迷宫，而且下午的所得也还在。

据母亲说，她被拉上船的时候雄赳赳气昂昂的，只是，她从此不愿意下海。"我记得那种被困住的滋味。"

这么多年来，我一直想象母亲穿过乱流的样子，或许像撒泼的小孩子一般咬牙切齿，或许脸上还有种不畏惧天地的少年狂气……但也正因为对生活的乱流，丝毫不懂也因此丝毫不惧，才有可能靠着一点生命的真气，混乱挣扎开一个方向，任性地摆脱了一个可能的命运。

母亲告诉我，从小到大，外婆总对她叹气："没有个女人的样子，以后怎么养儿抚女、相夫教子。"

如果神灵要亲近某人，必然要发现某人的需求，然后赐予她。人最怕的是发现了自己想要的东西。这是母亲后来说的。

即使在政治动荡的年代，闽南依旧是个世俗生活很强大的地方。而世俗就是依靠着流传在生活里的大量陈规存活。

母亲和这里的女性一样，在二十不到就被逼着到处相亲。其实未来的生活和那远远看到的未来夫君的面目，于她们都是模糊的。然而她们早早就知道作为一个女人生活的标准答案：第一步是结婚；第二步一定要生出个儿子，让自己和夫君的名字，得以载入族谱，并且在族谱上延续；第三步是攒足够的钱，养活孩子；第四步是攒足够的钱，给女儿当嫁妆（嫁妆必须多到保证自己的女儿在对方家里受到尊重）；第五步是攒足够的钱，为儿子办酒席和当聘金；第六步是一定要等到至少一个孙子的出生，让儿子的名字后面还有名字；第七步是帮着抚养孙子长大……然后他们的人生使命完成了，此时就应该接过上一辈的责任，作为口口相传的各种习俗的监督者和实施者，直到上天和祖宗觉得她的任务完成了，便把她召唤走。

她们的生活从一出生就注定满满当当，而且哪一步拖累了，都会影响到最终那个"美好的结局"。只是出于对父母催逼的厌烦，母亲躲在角落，偷偷看了父亲一眼，随意点了点头。这个点头，让她马上被推入这样的生活链条中。

在她迎来第一个关卡时，生的是女儿，内外亲戚不动声色地，通过祝福或者展望的方式委婉表示，第二个必须是儿子，"必须"。倒不只是外人的压力，母亲渴望有个儿子来继承她身上倔强的另一些东西。

母亲硬是不动声色了大半年，然而临盆前一个月，压力最终把她压垮了。她痛哭流涕地跑到主管生育男女的夫人妈庙许诺，如果让她如愿有了儿子，她将一辈子坚信神灵。

最终她有了我。

母亲描述过那次许愿过程。和其他地方不一样，闽南的神庙都是混杂而居的。往往是一座大庙里，供着各路神仙，佛教的西方三圣，道教的关帝爷、土地爷、妈祖等等。

她一开始不懂得应该求谁、如何求，只是进了庙里胡乱地拜。路过的长辈看不过去指点，说，什么神灵是管什么的，而且床有床神，灶有灶神，地里有土地公，每个区有一个地方的父母神……

"每一种困难，都有神灵可以和你分担、商量。"母亲就此愿意相信有神灵了，"发觉了世界上有我一个人承担不了的东西，才觉得有神灵真挺好的。"

我不确定，家乡的其他人，是否如母亲一样，和神灵是这样的相处方式。从我有记忆开始，老家的各种庙宇，像是母亲某个亲戚的家里。有事没事，母亲就到这些亲戚家串门。

她常常拿着圣杯（由两块木片削成，一面削成椭圆形，一面削平，把两块木片掷到地上，反弹出的不同的组合，表示神明的赞同、否定与不置可否），和神明抱怨最近遇到的事情，窃窃私语着可能的解决办法，遇到激动处，对着神龛上不动声色的神灵哭诉几下，转过头又已然安静地朝我微笑。

我还看过她向神灵撒娇。几次她询问神灵的问题，显然从圣杯里得不到想要的肯定，就在那顽固地坚持着，直到神明依了她的意愿，才灿烂地朝高高在上的神像说了声谢谢。

我不理解母亲在那些庙宇里度过多少艰难的事情，在我的这段记忆中，只是那浑厚的沉香，慵慵懒懒地攀爬，而圣杯和地板磕碰出的清脆声响，则在其中圆润地滚动。

事实上也因为母亲，我突然有了个神明干爹，那时我三四岁。因为怀胎的时候，家里境况并不是很好，最终我落地以后，总是隔三岔五地生病。我听说，是母亲又用圣杯和古寨里的关帝爷好说歹说了半天，最终，每年的春节，母亲带着我提着猪手上关帝庙祭拜，而关帝庙的庙公给我一些香灰和符纸，当作对我这一年的庇佑。

我是不太理解，这个神通的干爹能赐予我如何的保护，但我从此把一些寺庙当作亲人的所在，而关帝庙里出的用以让人占卜的签诗集，则成了我认定的这个神明干爹的教诲。这些签诗集，其实是用古诗词格律写的一个个寓言故事，我总喜欢在睡觉前阅读，关帝爷从此成了一个会给我讲床头故事的干爹。

这个干爹，按照老家的习俗只能认到十六岁，十六岁过后的我，按理说已经和他解除了契父子的关系，但我却落下了习惯，每年一定至少去祭拜一次，任何事闹心了，跑到关帝庙里来，用圣杯和他聊一个下午的天。

父亲偏瘫的时候，母亲的第一反应，是愤怒地跑到这些庙宇，一个个责问过去，为什么自己的夫君要有这样的命运。

说到底，母亲和神灵的交谈，从来是自问自答，再让圣杯的组合回答是或者不是。母亲提供理解这些问题的可能性，"神灵"帮她随机选了其中一种。

母亲最终得到的答案是，那是你夫君的命数，但你是帮他度过的人。

我知道，那其实是母亲自己想要的答案。她骨子里头还藏着那个穿过乱流的莽撞女孩。

不顾医生"估计没法康复"的提醒，母亲任性地鼓励父亲，并和他制定三年的康复计划。三年后的结果当然落空，事实上，父亲因为身体的越发臃肿，行动越来越不便。

母亲坚持着每年带我去到各个寺庙任性地投掷圣杯，强硬地讨要到神明对父亲康复的"预言"，然后再一年年来责问，为什么没有兑现。

一年又一年，父亲那睡去的左半身，越发没有生机，但身材越发臃肿，而且似乎越来越肥硕。到了第四年的时候，每次摔倒，母亲一个人都无法把他扶起来。

母亲几次气急败坏地到寺庙来讨要说法。一次又一次，终于到那一年年底，她还是带着我到一座座寺庙祭拜过去。

惯常性地摆供品，点燃香火，然后，她却不再投掷圣杯，而是拉着我，跪在案前，喃喃祈祷起来了。

一开始我没听清，但把零碎听到的只言片语接合起来，渐渐明白母亲在祈祷一个可怕的事情：千万让我丈夫一定死在我前面，不要让他拖累我的孩子。如果我的阳寿注定比他少，请借我几年阳寿，送走他后我再走。

我不干了，生气地责问母亲。她一个巴掌过来，许久才说："我是为你好。"

我任性地跪在地上乞求："请让我和父亲、母亲的寿命平均，全家一起走比较好。"

母亲一听，气到连连地追打我，然后号啕大哭地对着

90

神明说："小孩说话不算数，请神明只听我的。"

从寺庙回来的路上，母亲打开天窗说亮话，异常冷静地交代她认为的安排："你呢，好好读书，考个好大学，赚自己的钱，娶自己的老婆，过自己的日子，你父亲就交给我，他活一年，我肯定会硬扛着多活一年，我会伺候他吃穿起居。"

"但是你现在已经扶不起他了。"

"我可以。"

"但是你以后怎么能边赚钱边照顾他，而且你以后年纪大了，更没办法。"

"我可以。"

"但是你自己的身体也不好，肯定扛不住。"

母亲不耐烦地白了我一眼："我可以。"

"但你们是我父母啊。"

母亲停下来，严厉地训斥我："你听好了，我是命里注定陪他过这坎的人，这是我们俩的事情，和你没关系。"

"这是神灵说的。"母亲补充了下。

母亲这个可怕的祈祷，我从来不敢和父亲说。

康复的希望渐渐渺茫后，父亲已经整天对着家里神龛中供奉的神灵絮絮叨叨地抱怨："如果不让我康复，就赶紧让我走吧。"每次母亲听到了，总要追着出来发火："呸呸呸，这是你的命数，不能向神明抱怨，是时候了，该走总会走，不是时候，别叨唠神明。"

事实上，虽然一直在病榻，但因为母亲的照顾，那几年的父亲，气色反而格外地好，皮肤越发白里透红。母亲见着人总和人骄傲地说："我都把他照顾成大宝宝了，别看他行动不便，他至少能活到八十。"

母亲这样的判断，我既为她紧张也同时跟着高兴。父亲越发臃肿，母亲照料起来的难度越大，吃的苦头要更多，但是如果父亲能如此健康，母亲无论如何都会和生活生龙活虎地缠斗下去：她认定，照顾父亲是她的使命。

然而，母亲的预言终究是落空了。一个冬天，父亲突然离世。

母亲不能接受，在她的感觉中，虽然瘫痪的左半身越发没感觉，但是右半身更有力量了，因为长期需要右边支撑，父亲的右手和右脚有着非常健硕的肌肉。"他没理由一个跌倒就没了，这么皮实，千摔万倒的，连瘀青都没有，怎能就这么没了。"

我从北京赶回家时，她依然在愤恨地不解着，然后，她开始准备出发了——她想去各个寺庙，向神明讨要个说法。我赶忙把她拦住，她一下子软在我身上大哭起来："是不是神明误解我了啊？我从没觉得照顾他麻烦，我那样祈祷，只是希望不拖累你，我照顾他到九十岁一百岁我都愿意。"

"神明没有误解，或许是父亲的劫数要过了，他活得这么辛苦，罪已经赎完了。"

母亲愣住了，想了想："那就好，他难受了这么多年，该上天享享福了。"

但是，葬礼张罗完第二天，她就开始做那个梦。"你父亲肯定遇到什么事情。"

"不是，他只是想你，来探望你。"

"不是的，我得帮他。"

"你怎么帮他，你都不知道有什么事情。"

"所以我去问清楚。"母亲回答得异常认真。

要问"下面"的事，就得去找"巫"。

找巫人，让他借身体给过往的灵魂，和阳间人通话，在我们这，叫"找灵"。

在我老家这个地方，伺候神鬼并不是多么特殊的职业，就如同看病的、打鱼的、卖菜的……乡里谈论起他们，并不会因此加重口吻，如同市集上任何一个店铺的交易一般，还会像计较斤两一般，对比着各个"巫女"的能力和性价比。

母亲打听来的说法，西边那个镇上有个"巫"，特长在捞人——即使隔个二三十年，灵体感应很薄弱了，他也能找到；而北边村里那个"巫"，和东边的都擅长新往生的。北边这个据说你什么都不用说，那往生的人自然会报出自己是谁，以及提起过往的事情，只是，这个"巫"代灵魂传话都必须用戏曲的唱腔；东边这个，是你得自己说清要找谁，但他找到后也是一五一十会说过去的事情证明，他说的，倒是日常的口语。

对比了再三，母亲决定找北边村里的那个"巫"。

"巫"是平常的职业，但找"巫"终究还是件得小心谨慎的事。

在我们这里的人看来，这是去阳界和阴间的夹缝见个灵魂，一不小心冒犯到什么，或者被什么不小心缠住，那终究会带来诸多麻烦。

母亲还很犹豫是否让我同行，据说，亲人越多，灵体就越能找到准确的地方，出来和亲人见面。然而，太过年轻的灵魂，在阴间人看来，生命力是最让他们迷恋的，最容易招惹什么。

母亲把心中的犹豫和我说了，因为内心的好奇，我倒是异常踊跃，而对于母亲的担心，我提议，为什么不找你的神明朋友帮帮忙，请她给我出个符纸什么的。

母亲一下子觉得是好主意。出去一个下午给我带来了十几张各个寺庙里的护身符，以及一整包香灰。

母亲告诉我，许多神明不是那么同意去"找灵"的，神明大概的意思是，死生是命数，孽障能否在这一世清结完毕也是命数，没有必要去打扰探寻，多做努力。"但我反问神明，那活着的人一定要做善事是为了什么，就是力求在这一代把罪责给清了不是吗？他现在往生了，但他还可以再努力下。"我知道母亲一向顽固的性格，以及她向神明耍赖的本事。

"结果神明赞同了我们的努力。"母亲满意地说。

母亲先请一炷香，嘴里喃喃自己是哪个镇哪个地区想要找什么人。

我再请一炷香，描述这个人什么时候往生，年龄几何。

然后一起三次叩首。

做完这些，巫人的助手就叫我们到庭院里等着。

这巫人住的房子是传统民居，两列三进的石头红砖房，看得出祖上是个大户人家。至于为什么有个子孙当上巫人，而且似乎其他亲人都离开了这大宅，倒无从知晓了。

那巫人就在最里面的大房里，大房出来的主厅，摆设着一个巨大的神龛，只是和闽南普通人家不一样，那神龛前垂着一块黄布，外人实在难以知道，里面祭拜的是什么样的神鬼。

任何有求于巫人的来客，都先要燃香向这些神龛背后的神鬼诉说目的，然后做三叩首，便如同我们一样，被要求退到第二进的庭院里。人一退到第二进的房子，第一进的木门马上关住了，那木门看得出是有些年头的好木，很沉很实，一闭合，似乎就隔开了两个世界。

我们退出来时，第二进的庭院里满满都是来找灵的人，他们有的在焦急地来回踱着步，仔细聆听着第一进那头传来的声音，大部分更像是在疲倦地打盹。

然后第一进里传来用戏曲唱的询问："我是某某地区

某某村什么时候刚往生的人，我年龄几岁，可有妻儿、亲戚来寻。"

合乎情况的人就痛哭出声："有的，你家谁谁和谁谁来看你了。"

然后门一推，里面一片夹杂着戏曲唱腔的哭声缠在一起。

事先在敬香的时候，巫人的助手就先说了："可不能保证帮你找到灵体，巫人每天要接待的亡灵太多，你们有听到自己的亲人就应，不是就改天再来。"

其实坐下来观察一会儿，我就对这套体系充满质疑了。自己在心里寻思，可能是巫人派人到处收集周围所有人的死讯，并了解初步的情况，然后随机地喊着，有回答的，那巫人自然能假借"亡灵"之口说出个一二三。

我正想和母亲解释这可能的伎俩，里面的戏曲唱腔响起："可有西宅某某某的亲人在此，我拄着拐杖赶来了。"

母亲一听拄着拐杖，哇一声哭出来。我也在糊里糊涂间，被她着急地拉了进去。

进到屋里，是一片昏暗的灯光。窗子被厚厚地盖上了，四周弥漫着沉香的味道。那巫人一拐一拐地向我们走来，我本一直觉得是骗局，然而，那姿态分明像极了父亲。

那巫人开口了："我儿啊，父亲对不起你，父亲惦念你。"我竟一下子遏制不住情绪，号哭出声。

那巫人开始吟唱，说到他不舍得离开，说到自己偏瘫多年拖累家庭，说到他理解感恩妻子的照顾，说到他挂念儿子的未来。然后停去哭腔，开始吟唱预言："儿子是文曲星来着，会光耀门楣，妻子随自己苦了大半辈子，但会有个好的晚年……"

此前的唱段，字字句句落到母亲心里，她的泪流一刻都没断过。然而转到预言处，却不是母亲所关心的。

她果然着急地打断："你身体这么好，怎么会突然走，你夜夜托梦给我，是有什么事情吗？我可以帮你什么吗？我到底能为你做什么？"

吟唱的人，显然被这突然的打断干扰了，那巫人停顿了许久，身体突然一直颤抖。巫人的助手生气地斥责母亲："跟灵体的连接是很脆弱的，打断了很损耗巫人的身体。"

颤抖一会儿，那巫人又开始吟唱："我本应该活到八九七十二岁，但奈何时运不好，那日我刚走出家门，碰到五只鬼，他们分别是红黄蓝青紫五种颜色，他们见我气运薄弱，身体残疾，起了戏耍我的心，我被他们欺负得暴怒，不想却因此得罪他们，被他们活生生，活生生拖出躯体……"

母亲激动地又号哭起来。刚想插嘴问，被巫人的助手示意拦住。

"说起来，这是意外之数，我一时无所去处，还好终究是信仰之家，神明有意度我，奈何命数没走完，罪孽未清尽，所以彷徨迷惘，不知何从……"

"那我怎么帮你，我要怎么做。"母亲终究忍不住。

"你先引我找个去处，再帮我寻个清罪的方法。"

"你告诉我有什么方法。"

母亲还想追问，那巫人却突然身体又一阵颤抖，助手说："他已经去了。"

最终的礼金是两百元。走出巫人的家里，母亲还在啜泣，我却恍惚醒过来一般，开始着急要向母亲拆解其中的伎俩。

"其实一看就是假的……"我刚开口。

"我知道是你父亲，你别说了。"

"他肯定打听过周围地区的亡人情况……"

母亲手一摆，压根不想听我讲下去："我知道你父亲是个意外，我们要帮你的父亲。"

"我也想帮父亲，但我不相信……"

"我相信。"母亲的神情明确地表示，她不想把这个对话进行下去。

我知道，其实是她需要这个相信，她需要找到，还能为父亲做点什么的办法。

还是神明朋友帮的忙，在各寺庙奔走的母亲，终于有了把父亲引回来的办法："只能请神明去引，只不过神明们各有司命，管咱们阳间户口的是公安局，管灵体的，就是咱们的镇境神。"母亲这样向我宣布她探寻到的办法。

我对母亲此时的忙碌，却有种莫名其妙的了解和鄙夷。我想，她只是不知道如何面对自己内心的难受。我察觉到她的脆弱。

她在投入地奔忙着，我则不知所措地整天在街上晃荡。因为一回家，就会真切地感知到，似乎哪里缺了什么。这样的感觉，不激烈、不明显，只是淡淡的，像某种味道。只是任它悄悄地堆积着，滋长着，会觉得心里沉沉的、闷闷的，像是消化不良一般，我知道，这可能就是所谓的悲伤。

按照神明的吩咐，母亲把一切都办妥了。她向我宣布，几月几日几点几分，我们必须到镇境神门口去接父亲。"现在，镇境神已经找到，并在送他回来的路上了。"

我却突然不愿意把这戏演下去，冷冷地回："你其实只是在找个方式自我安慰。"

母亲没回答，继续说："你到时候站在寺庙门口，喊着你爸的名字，让他跟你回家。"

"只是自我安慰。"

"帮我这个忙，神明说，我叫了没用，你叫了才有用，因为，你是他儿子，你身上流着的是他的血。"

第二天临出发了，我厌恶地自己径直往街上走去。母亲见着了，追出来喊："你得去叫回你爸啊。"

我不应。

母亲竟然撒腿跑，追上我，一直盯着我看。眼眶红红的，没有泪水，只是愤怒。

终究来到了寺庙门口。这尊神明，对我来说，感觉确实像族里的长辈。在闽南这个地方，每个片区都有个镇境神，按照传说，他是这个片区的保护神，生老病死，与路过的鬼魂和神灵的各种商榷，为这个地方谋求些上天的福利，避开些可能本来要到的灾害，都是他的职责。从小到大，每年过年，总要看着宗族的大佬，领着年轻人，抬着镇境神的神轿，一路敲锣打鼓，沿着片区一寸寸巡逻过去，提醒着这一年可能要发生的各种灾难，沿路施与符纸和中药。

按照母亲的要求，我先点了香，告诉镇境神我来了，然后就和母亲站在门口。

母亲示意我，要开始大喊。

我张了张嘴，喊不出来。

母亲着急地推了推我。

我才支支吾吾地叫了下："爸，我来接你了，跟我回家。"

话语一落，四下只是安静的风声。当然没有人应。

母亲让我继续喊，自己转身到庙里问卜，看父亲是否回来了。

寺庙里，是母亲掷珓的声音。寺庙外，我一个人喃喃喊着。

喊着喊着，声音一哽，嘴里喃喃说："你如果真能听到，就跟我回来，我好想你了。"

里面母亲突然激动地大喊："你父亲回来了。"

我竟然禁不住，大声号啕起来。

在父亲被"引回来"的那几天，家里竟然有种喜庆的味道。

母亲每天换着花样做好了饭菜，一桌桌地摆上供桌。她还到处约着巧手的纸匠人，今天糊个手机，明天糊个摩托车……那都是父亲残疾时念叨着想要的。

又几天的求神问卜，母亲找到了为父亲"清罪"的办法——给一个神灵打下手，做义工，帮忙造福乡里——有点类似美国一些犯小罪过的人，可以通过社区劳动补偿社会。我和母亲开玩笑地说："神明的方法还这么现代啊。"

母亲严肃地点点头："神明那也是与时俱进的。"

又经过几天的求神问卜，母亲为父亲找到了做"义工"的地方：白沙村的镇海宫。

白沙村是小镇闻名的旅游地。老家那条河，在这里潇洒地拐了个弯，然后汇入了大海，呈三角状的白沙村，因而三面铺满了细细的白沙。从小到大，学校所谓郊游的旅游地，毫无疑问是白沙。

镇海宫就在那入海口的犄角处。小时候每次去白沙，都可以看到，在老家的港湾休憩好的渔船，沿着河缓缓走到这个犄角处，对着镇海宫的方向拜一拜，然后把船开足马力，径直往大海的深处行驶而去。

父亲做海员的时候，每周要出两三趟海，"这庙因此被他拜了几千遍了，所以这里的神明也疼他，收留他。"第一次去"探视"的路上，母亲和我这么说。

送父亲到这寺庙做义工，对他来说，似乎是简单的事情。母亲点燃了香烛，和家里神龛供奉的神明说，"镇海宫已经答应接受我丈夫去帮忙，还请神明送他一程。"然后，我们就赶紧带上供品，跟着到镇海宫来探视。

我是骑着摩托车带母亲去的。从小镇到白沙村，有二十多公里。都是沙地，而且海风刮得凶，我开得有点缓慢，这让母亲有充分的回忆机会。她指着那片沙滩，说："我和你父亲来这里看过海。"路过一家小馆子说："你父亲当年打算离开家乡去宁波时，我们在这吃的饭……"

到了镇海宫，一进门，是那股熟悉的味道，一切还是熟悉的样子。我总觉得寺庙是个神奇的所在，因为无论什么时候进来，总是同样的感觉，那感觉，或许是这肃穆又温暖的味道塑造的，或许是这年复一年在神灵案前念诵经文、祈求愿望的俗众声音营造的。

庙里的住持显然已经知道了父亲的事。他一见到母亲，就亲切地说："你丈夫来了，我刚问过神灵了。"他泡上了茶，递给母亲和我："别担心，这里的神明肯定会照顾好他的，他从小就和这里的神明亲。"

茶很香，太阳很好。爬进寺庙，铺在石头砌成的地板上，白花花的，像浪。

"那他要做什么事情啊？"

"他刚来，性格又是好动的人，估计神明会打发他跑腿送送信。"

"但他生前腿脚不好，会不会耽误神明的事情啊？"

"不碍事，神明已经赐给他好腿脚了。你家先生是善心人，虽然有些纠葛还没解完，但他做了那么多好事，神明会帮的。"

"那就好。"母亲放心地眯眯笑。

接下来的话题，是关于父亲和这座庙宇的各种故事。

坐了一个下午，母亲不得不回去准备晚饭了。临行前，犹豫再三的母亲终于忍不住问："他忙完了，做得好不好啊，会不会给神明添麻烦了，你能帮我问问吗？"

住持心领神会地笑了，径直到案前问卜了起来。

"笨手笨脚的，做得一般，但神明很理解。"

母亲一下子冲到案前，对着神龛拜了起来："还请神明多担待啊，我家先生他从来就是笨手笨脚的。"然后似乎就像对着父亲一样小声地教训起来："你啊，多耐心点，别给神明添麻烦。"

母亲确实不放心，第二天吃完中午饭，虽然看不见也听不见那个"正在做义工的父亲"，母亲还是坚持让我带她来探视。

住持一样泡了茶，阳光一样很好。他们一样聊着父亲和这寺庙的各种事。临行前，母亲同样忍不住问住持，住持一样当即帮忙问卜。这次的答案是：今天表现有进步了。

"真的啊，太好了，值得表扬，我明天做你爱吃的卤鸭过来。"于是又三四十分钟的摩托车车程。

再隔天，吃完午饭，母亲又提出要来探视，当然还带上卤鸭……

慢慢地，住持的答案是"不错了"、"做得越来越好"、"做得很好，神明很满意"。母亲每次要到镇海宫时，总是笑容满面的。

算起来，父亲的义工生涯满满一个月了。按照母亲此前问卜的结果，父亲先要在这做满一个月，如果不够，再转到另外一座庙——那意味着还要找另外收留的神明。

这天午饭后准备出发时，母亲像是一个准备去看揭榜的人，意外地心神不定。一路上，她一直追着问："你觉得你父亲这个月表现合格了吗？他肯定要犯些错，但神明会理解吗？你觉得你父亲在那做得开不开心？"

我一个问题都回答不上来。

我们一进到寺庙，住持果然又泡好了茶。

母亲已经没有心思喝茶："我先生他合格了吗？"

住持说："这次别问我，你坐在这休息一下，傍晚的时候你自己问卜。"

这次，母亲顾不上喝茶、说故事了。她搬了庙里的那把竹椅，安静地坐着，慢慢地等着阳光像潮水般退去，等待父亲接下来的命运。

或许是太紧张，或许太累了，等着等着，母亲竟然睡着了。

站在镇海宫往外望，太阳已经橙黄得如同一颗硕大的橘子，正一点点地，准备躲回海里了。

我轻轻摇醒母亲，说："该问卜了。"

被我这一摇，母亲突然从打盹中醒来，醒来时脸上挂着笑。

"不用问卜了。"母亲说。

她说她看见了，看见父亲恢复成二十出头的样子，皮肤白皙光滑，肉身才刚刚被这俗欲打开完毕，丰满均匀，尚且没有岁月和命运雕刻的痕迹。他剪着短发，身体轻盈，朝母亲挥挥手，就一直往隐秘模糊的那一方游过去。

身影逐渐影影绰绰，直到完全的澄明。

"他走了。"母亲说，"他释然了，所以解脱了。"

说完，母亲的眼眶像泉眼一样流出汪汪的水。

我知道，有多少东西从这里流淌出来了。

要离开镇海宫的时候，母亲转过头，对镇海宫里端坐着的神明笑了笑。

我则在一旁，双手合十，喃喃说着："谢谢您，母亲的神明朋友们。"

我再一次相信神明了。

张美丽

张美丽本人确实很美丽，这是我后来才确认的。

在此之前，她的名字是一个传说。

小学时，我每天上课需要经过一条石板路，石板路边有一座石条砌成的房子，每到黄昏，胭脂一般的天色，敷在明晃晃的石板路上，把整条巷子烘托得异常美好。

也是每到这个时刻，就会听到一个女人啜泣的声音，凄凄婉婉，曲曲折折。也因此，那座房子在这所学校的学生嘴里，被讲述成一个女鬼居住的地方。女鬼的名字就叫张美丽。

年少的时候，身体和见识阻碍了内心急于扩张的好奇。传奇故事因而成了急需品：关于侠客，关于女鬼，还有关于爱情。

张美丽的故事在学校大受欢迎，因为以上三要素兼有。

据说，她本来是个乖巧美丽的女人，据说，她喜欢上一个跟着轮船来这里进货的外地男人，据说那男人长得身材魁梧好打抱不平。在这个小镇，结婚前女人不能破身，她却私自把自己给了那男人，他们曾想私奔，最终被拦下，张美丽因而自杀。

张美丽的故事在当时一下子成了负面典型。在那个时代，身处沿海地带的这个小镇，开始有酒楼的霓虹灯，以及潮水般涌来的，前来贩卖私货的人。

小镇的每个人，都在经历内心激烈的冲击，他们一方面到处打听那些勇敢迈进舞厅的人，打听那白白的大腿和金色的墙面，另一方面又马上摆出一种道貌岸然的神情，严肃地加以批评。

但谁都知道，随着财富的沸腾，每个人的内心都有各种欲求在涌动。财富解决了饥饿感和贫穷感，放松了人。以前，贫穷像一个设置在内心的安全阀门，让每个人都对隐藏在其中的各种欲望不闻不问，然而现在，每个人就要直接面对自己了。

那段时间，似乎男女老少都躁动不安，又愁眉紧锁，老有男人和女人各自聚集在角落，嘀叹，以前穷的时候怎么没那么多烦扰。听完，彼此相对点点头，却一副各有心思的样子。

幸亏有张美丽。张美丽作为一个沦陷的标志，牢牢地立在欲望的悬崖边，被反复强化，反复讲述。关于她的细节，成了这个小镇用来教育孩子的最好典型：不准和外地人讲话，不要和男同学私下见面；不能靠近那种漂染头发的发廊……说完不准，大人们会用这样的话收尾：要不你就会像张美丽那样，名声臭遍整个小镇。

小镇没预料到的是，与妖魔化同时进行的，是神化。

关于张美丽的很多据说，后来就变成了更多的据说。关于她与男友约会如何被抓，关于她身上有种香味能让男人一闻就忘不掉，关于她男人其实是个开国将军的后代……

张美丽在我的心中变得栩栩如生又面目模糊。在过滤掉众多信息之后，唯一烙印在我们这群学生心中的是，据说"张美丽长得好像色情月历上，那些靠着摩托车摆姿势的女郎"。

那时候，一股莫名的冲动开始在我们这群男同学的内心涌动，我们后来明白那叫性冲动，并且，彼此交流起偷偷收集来的色情照片。而张美丽，一个性感如摩托车女郎的女鬼，总让我们在夜晚提到的时候，血脉偾张。

如果当时小镇有给学生评选所谓的性感女神，张美丽必然当选。而我痴迷《红楼梦》的同桌则说，张美丽就是那通灵仙子。

那时代太喧闹了，只要看到头发染色、穿稍微艳色一点衣服的外地女郎走过，大人就要捂住孩子的眼睛说，妖怪来了小孩不要看。过了不到两年，小镇的妇女也开始竞赛般争着挑染各种时髦的色彩——要不怎么和勾引老公的外地狐狸精比。

路上到处是拿着大哥大、粗着嗓子说话的大老板，还有不知道从哪冒出来的、浓妆艳抹的各地姑娘。

张美丽的传说彻底消失了，被那妖娆闪烁的霓虹灯和满街走动的"公主们"的故事彻底淹没。最后连小巷尽头的啜泣声，也消失了。

我竟然莫名失落。我想象过太多次张美丽的样子，而现在，她似乎就要完全不见了。

实在遏制不住好奇的我，拉上邻居阿猪，决定做一次探险。我们两个人，各自带着手电筒、弹弓和大量的符纸，专业的阿猪还从当师公（为亡灵超度的道士）的爷爷房里偷来了桃木剑。走到半路，阿猪问我们为什么要做这样的探险。我愣了很久，"难道你不想看下张美丽？"

阿猪犹豫了好半天，"很想，但很怕。"

最终还是上路了。

越逼近她家门口，我就越感觉自己有一股莫名其妙的热潮在攒动，甚至往裤裆中央那地方奔突。我意识到这次探险的本质是什么，因而越发亢奋。

阿猪用桃木剑轻轻推开那木门，两个女人的对话从那稍微张开的门缝飘出来。我的眼光刚钻进门缝，看到一张瘦削苍白的脸，就马上感觉，她也在直直地盯着我看。阿猪显然也感觉到了，大喊了一声鬼啊，仓皇而逃。

我在那一刻也确信那就是鬼，来不及多想就往家里奔，把自己关在家里，心噗噗地蹿，而下体控制不住地立了起来……

这段探险我当然没和家里任何人说起，但那瘦削苍白的脸像烙在心里了，走到哪都不自觉浮现，在那苍白中，脸慢慢清晰，清晰成一对眼睛，扑闪扑闪地看着我。她不再让我感觉恐惧，相反，她让我很愿意在思维被打断后，继续投入冥想中去。

那几天，我因而老恍神。甚至吃饭的时候，筷子一不小心就掉了下来。掉到第三次，母亲气到用手敲了一下我的头："被鬼勾走魂魄了啊？"

她无意的一说，却直直切入我的恐慌——难道这就是被鬼勾魂？

接下去那几天，我一想到那张脸就恐慌，背着父母，偷偷到庙里去拜拜，求了一堆符，放在身上，却还是会不自觉地想起那张脸。

到最后，我甚至恐慌地看到，那张脸对我笑了。

这样的折磨，几乎让我失眠了，而且让我更羞愧的是，一次次梦遗，身体越发地虚脱。那天下午，我终于鼓起勇气打算要向母亲承认，我被女鬼勾了魂。

不想，母亲拿着喜帖进了家门，乐呵呵地说，巷尾那张美丽要结婚了。

她不是死了吗？

哪有？是她做了丢脸的事情，所有人觉得她应该死了。不过现在也好了，那外地人做生意发了家，来迎娶她了。虽然她父母还是很丢脸，出了这么个女儿，但是，终归是个好事。

张美丽的婚礼在当时算极铺张，却也异常潦草。

按照老家的风俗，要备的彩礼，都翻倍地备，要送街坊的喜糖包，也是最好的那些品牌。婚宴是在老家最好的

115

酒店举办，然而，作为新娘的张美丽，和她那神秘的丈夫，只是在酒席的开始露了一下脸，同大家举了一下杯，就马上躲回那至亲才进得去的包厢。

第二天，张美丽就去东北了——她丈夫的老家。

我只知道东北在老家的正北边。我偶尔会站到小镇那条唯一的马路中间，想象，就沿着这条路，直直、直直地往北走，应该就可能在哪个路边碰到张美丽。

我一直坚信自己将有一天会到达，所以为了到时候认出她，我反复想象着那张脸。

但时间像水一样，把记忆里的那张脸越泡越模糊，模糊到某一天我突然发觉自己好像忘记张美丽了。

我开始惆怅地想，难道这就是人生。为此还写下了几首诗歌。

其实书呆子哪懂青春的事情。

张美丽的青春才是青春。

两年后，张美丽突然回来了，她穿着开衩开到大腿的旗袍，头发烫的是最流行的屏风头，一脖子的项链，还有满手的戒指。

据说那天她是从一辆豪华车里下来的。我没亲眼目睹她回来的盛况——那是上课的时间。但我脑海里反复想象万人空巷的那个场景。

过了几天，关于她的最新消息是：原来她离婚了。这是她回来的全部原因。

但离婚是什么？小镇的人此前似乎从来没有意识到，有离婚这样的事情。

学校对面突然开了一家店。外面是不断滚动的彩条，里面晚上会亮起红色的灯。那是张美丽开的，街坊都那么说。

据说她回来第三天就被家里赶出来，她就搬到这里。我唯一确定的是，红灯亮了三天，小巷的拐弯处贴着一张毛笔字写的声明：特此声明，本家族与张美丽断绝一切关系，以后她的生老病死都与本家族无关。

字写得倒很漂亮，一笔一画刚劲有力。显然是很有修为的老人写的。这字，也可见这家人的学养。但围观的人，都是捂着嘴偷偷地笑。

我每天进学校前，都要路过那家店。每天一早七点多，店门总是紧紧关闭着，上面贴满了字条。我好几次想冲上前去看，然而终究没有冒险的胆量。直到第二周，特意五点半起了个大早，才敢走上前去看。店面口贴满了歪歪斜斜的字：不要脸、贱人、狐狸精去死。

我边看字边观察是否有人经过，远远地看到有人来了，赶紧蹬着自行车往学校里冲。

张美丽开的是什么店？这个疑问让她再次成为传奇。

有人说，那是一片酒池肉林，别看店面小，一开门，里面地下有两层，每层都有美女招待，谁走进去都是一片又亲又摸。

有人说，那是一家高级的按摩店。有种国际进口的躺椅，把你按得全身酥麻，爬都爬不起来。

每个晚上，男生宿舍一定要讲这个传奇，讲完后，各自忙活起来。

魁梧哥竟然来了——这是小镇学生送给张美丽前夫的昵称。

一开始没有人信，但渐渐地可以看到，确实有一个男人在傍晚的时候，会拉出一把椅子在外乘凉。

然后街坊会在半夜听到吵闹的声音、摔盘子的声音。第二天傍晚，还是看到那男人若无其事地搬椅子出来在那乘凉。

房子里面究竟发生了什么，或许连当事者都说不清楚。只是最后，某一天，彩条灯拆了，店门大大方方打开了，门楣上挂了个牌子：美美海鲜酒楼。

从此可以光明正大地看到张美丽了，她总是笑眯眯地站在柜台前迎客。然而小镇本地的人是坚决不去的，捧场的都是随货船从外地来进货的商人。

站在学校这边，就可以看到，那确实是张美丽的店，充满着和这个小镇完全不搭的气质：金边的家具，晶莹的玻璃珠帘，皮质的座椅，服务员都是外地来的高挑美女。充满着"妖娆的气息"——小镇的人都这么形容。

张美丽的小店，和我们的小镇，就这样充满着这种对立的感觉，而在小镇人的口气中，仿佛永远是：张美丽代表一种什么势力，在侵蚀着这个小镇。

如果这是场无声的战争，结果上，张美丽似乎获胜了。隔壁店面也被盘了下来。渐渐地，一些本地的老板们"不得不进出"美美海鲜酒楼。

"没办法，外地的客户都喜欢到那。"——进去过的人，在极尽形容后，都这样解释。

紧接着，终于有一天，小镇某个大佬的儿子结婚，其中一个场子安排在那。

那个下午，我其实异常紧张，父亲也收到请柬了，他被安排在美美海鲜酒楼，对方特意交代，那个会场邀请的都是各地的商人，去了可以帮着开拓生意。

我自告奋勇提出陪父亲去，却被母亲恶狠狠地拒绝了。我只好趴在窗前，看犹豫不决的父亲，踌躇着往那走。

很好吃的餐馆。父亲回来这么说。这是他唯一能说的东西，这也是小镇其他人唯一能评价的方式。事实上，张美丽的店，就味觉上的正当性，避开那些种种暧昧和复杂的东西，重新与小镇发生关系了。

学校的一些校舍要翻修了，宗族大佬开始号召每个人响应捐款。开卖场的蔡阿二犹犹豫豫，开电器行的土炮扭扭捏捏，张美丽却激动了。一个人跑到学校，进了校长室说，我捐五万。

在那个时候，五万是很多的钱，可以建一栋小房子。

然而校长犹豫着没接过来。说，再考虑看看。

最终学校公布的捐款名单上没有张美丽。

不久，地方大宗族的祠堂要翻修一个小工程，张美丽又跑去认捐了。出来的最终名单依然没有她。

直到年底，妈祖庙要拓宽一个小广场，张美丽的名字终于落上去了。

"五万元：信女张美丽"。这是最高的捐款金额，却被刻在最低的位置。但张美丽很高兴，那段时间可以看到，她时常一个人溜达到那，弯着腰，笑眯眯地看着刻在上面的她的名字。

而我也时常守在妈祖庙旁边的杂货店，看着她一个人在那笑得像朵花。

我考上高中的时候，张美丽的身份已经是镇企业家联合会副会长。她的美美海鲜酒楼就坐落在入海口，整整五层楼。

学校犒劳优秀学生的酒会是她赞助的，坐在金灿灿的大厅里，她拿着演讲稿，说着报效祖国、建设国家的这类话。

她有了双下巴，厚厚的脂粉掩不住头上开始攀爬的那一条条皱纹。但她依然很美。

其实，宗族大佬们对学校接受张美丽的好意并不是很满意。张美丽现在不仅仅是海鲜楼的老板，还是隔壁海上娱乐城的老板。

连邻近的几个小镇都知道这海上娱乐城。据说那里有歌厅、舞厅、咖啡厅和KTV包房，还有种种"见不得人的生意"。学生里传得最凶的是，那里有卖毒品。据说前段时间退学的那学生，就是在那染上的性病。

学校领导三令五申地禁止学生靠近那娱乐城，而父母每晚都要讲那里的罪恶故事。我知道，小镇对张美丽的新一轮讨伐正在酝酿。

沿着一堵墙，美美海鲜酒楼的旁边就是海上娱乐城。那天饭桌上我不断走到窗边，窥视那个霓虹闪烁的娱乐城。

这娱乐城是个巨大的建筑群，中间一个主建筑应该是舞厅，周围围了一圈欧陆风格的别墅。据说每栋别墅都有不同主题：有的是抒情酒吧，有的是迪厅，有的是高雅的咖啡厅。

饭局结束后，老师安排作为记者团团长的我，采访"优秀企业代表"张美丽。

采访安排在她的办公室。

那天她穿着黑色的丝袜，配上带点商务感觉的套裙，我还没开口就全身是汗——这是我第一次和她说话。

在一旁的老师附在耳边提醒我，这次采访不用写出来，只是对方要求的一个形式。

我知道，那对张美丽是个仪式，获得认同的仪式。我支支吾吾地问了关于对中学生有什么建议这类无聊的话题，她努力按照想象中一个德高望重的女人该使用的语言和动作表现。

显然结果她很满意，采访中当即表示捐款支持学校成立记者团。老师和她握手庆祝，一切功德圆满。

在带上她办公室门的时候，我忍不住转头想再看她一眼，却一不小心看到，她像突然泄气一般，后脑勺靠在座椅背上，整个人平铺在那老板椅上，说不出的苍老和憔悴。

宗族大佬、家长和学校越禁止的东西，越惹得孩子们想要冒险。一拨拨等不及长大的同学，偷偷溜进那个娱乐城，然后兴奋地和大家描述里面让人"爽呆了"的种种。

进或者不进那娱乐城，在学生的小帮派看来，是有种或没种的区别。而在小镇家长们看来，是好孩子或者坏孩子的分界线。

渐渐地，传到我耳朵里的传说越来越多：听说娱乐城里出了四大天王，听说他们各自拥有不同的绝招，领衔不同的生意，听说他们开始在学校发展手下。

我倒一直不相信发展手下，真是娱乐城里管理层推进的。无论从哪个角度考虑，都完全没必要，甚至是自讨苦吃的事情。我的猜想是，娱乐城的员工为了显摆，而自发组织的。但无论如何，确实是因为娱乐城的存在。

小镇里的怒气正在积蓄，开始有宗族大佬和妇女机构，到每一户人家拜访，要签订什么取缔请愿书。而张美丽的回击是：镇政府大楼修建，她捐助了二十万。

局势就这样僵持着，整个小镇都躁动着，就等着一点火花，把所有事情引爆。

火花终于在我读高三的第一个假期燃起了，娱乐城里发生了一起恶性打斗事件。一个人被当场打死。那人是当地一名大佬的儿子。

那简直是一场围剿。大批大批的小镇居民，围在娱乐城门口扔石头，辱骂，要求娱乐城关闭。

那个下午，我以学生记者的身份赶去现场了。

老的少的、相干不相干的，都聚集在那。骂的还是几年前的那些话："不要脸"、"贱人"、"狐狸精去死"……

张美丽出来了，就站在主楼的屋顶上。她拿着扩音器，对着围观的人喊："这是一场意外，请乡亲们理解，我会好好处理……"

一句话还没说完，开始有人愤怒地拿起石头，咬牙切齿地往她的位置砸去。

但她站得太高了，石头一颗都靠近不了。

人流分开了，她的母亲颤颤悠悠地走出来，对着楼上的张美丽，哭着喊："你就是妖孽啊，你为什么那时候就不死了算了，你为什么要留下来祸害……"

扩音器旁的张美丽估计很久没看到母亲了，哭着喊："妈，你要相信我，我对天发誓，我从以前到现在从没做过伤天害理的事情，我真的从来没有。"

她的母亲显然已经崩溃了："你就是妖孽，你就是妖孽，我当时应该掐死你。"

魁梧哥到屋顶来了，拉着张美丽回屋里去。

众人的骂声又持续了一阵，渐渐消停了。

那个晚上我没听到声响，是第二天醒来后才知道的。张美丽当晚跪在自己宗族的祠堂门口，大声哭着，对天发誓自己没有作孽，"除了一开始追求爱情，我没有做娼妓，没有卖毒品，我只是把我觉得美的、对的、我喜欢的，都做成生意，我真没有作孽……"

哭完，她狠狠地往祠堂的墙撞去。

第二天祠堂大佬起来才看到，张美丽死在祠堂的门口，流出来的血都凝结了，像沉压已久的香灰。

按照宗族的规矩，人死后，要在自家或者宗族祠堂做法事，然后再落葬。最后还要摆一个木牌在祠堂里，这样灵魂才会安息。

然而，无论家里还是祠堂都不愿接收，更别说木牌了。按照传说，这无法安息的魂灵，将没处安身，只能四处游荡——这是宗族对一个人最大的惩罚了。

张美丽确实成了孤魂野鬼了。

最终是魁梧哥料理张美丽的后事，他坚持要办一场隆重的葬礼。尽管小镇上没有一个人参加，他还是请来隔壁乡镇几十支哀乐队，咿咿呀呀了三天三夜。

哀乐一停，魁梧哥就把所有人散了，一把火烧了整个娱乐城。

没有人打救火电话，也没有消防车前来。小镇的人就冷冷地看着娱乐城烧了一天一夜。待烟火散去，开始有人拿鞭炮出来燃放——

按照小镇的风俗，谁家病人好了，要放鞭炮。

大学都毕业六年了，一个已经成了大老板的高中同学才组织说，应该纪念下高中毕业十周年。远在北京的我接到他特意发过来的请柬。请柬是传统的红纸镶金，打开来，聚会的地点竟然是海上娱乐城。

因为后来考上大学我就离家，实在不清楚，这娱乐城竟然重新开张了。

这娱乐城和张美丽的娱乐城完全不一样，原本走进去正对的主楼，现在变成了一片绿地，不过周围分布的，还是一栋栋别墅。到处都是厚重的低音炮一浪一浪地袭来，而每条路上，一个个打扮入时的男男女女亲密地亲吻。

那天我到得晚，大部分同学都已经聚集了。虽然我提醒自己别说这个话题，但终究忍不住问："怎么这娱乐城又建了？"

做生意的那同学干笑了两句："有需求当然就有人做生意，小镇这么有钱，有钱总要有地方花。"

我没问下去了。

"有欲望就有好生意，人民币教我的。"同学继续不依不饶。

喝了几巡酒，有同学开始调侃我，"对了，张美丽不是你梦中情人吗？"

我脸一红，说不出话。旁边有同学起哄道："有什么好害羞的，我也想象着自己爽了好多次。"

当中有人提议，敬张美丽。那大老板抢过话去："我谨代表一代热血青年，敬这位伟大的小镇启蒙运动奠基人，审美运动发起者，性开放革命家……"

众人跟着歇斯底里地喊："敬伟大的张美丽！"

我一声不吭，拿着酒走到一个角落，刚好看到那片绿地。我反复想起，那石头房子，那苍白的脸。"她终究是个小镇姑娘，要不她不会自杀的。"我对自己说。

同学们还在起哄，说着这地方曾经淫荡的种种传说。

我突然心头冲上一股怒火，把酒杯狠狠往地上一摔，冲出去，一路狂跑，一直狂跑，直到我再也看不见那个恶心的娱乐城。

阿小和阿小

阿小和阿小是两个人。

小学五年级前，我只认识一个阿小。他住在我家前面的那座房子。

那是座标准的闽南房子：左主房，右主房，中间一个天公厅——这是专门用以供奉神灵和祭祀的厅，闽南家家户户都供着一个神仙团，节日繁琐到似乎天天都在过。

接着下来是左厢房、右厢房，中间一个天井。本应该接着连下来的，是左偏房、右偏房，中间一个后厅，他们家当时没能力一口气建完，草草地在天井附近就收尾，把空出来的地，圈出了个小庭院，里面种了芭蕉树，养了一条黑色的土狗。

那是个海边典型的渔民家庭。他父亲从小捕鱼，大哥小学毕业后捕鱼，二哥小学毕业后捕鱼。母亲则负责补网，还有到市场叫卖收获的海鲜。他当时还没小学毕业，不过他几次和我宣誓一样地说："我是绝对不会捕鱼的！"

我喜欢他的母亲乌惜，每次和母亲去见她，就意味着家里难得会有顿海鲜大餐。乌惜似乎从来只会乐呵呵地笑，而不懂得其他表情，每次看到我，都要找点小零食给我吃，过年过节找个理由就往我家送点小鱼虾。偶尔他的父亲和哥哥也会来逗我玩，甚至他家养的那条狗，我还没进巷子口，它就已经在那边摇着尾巴欢迎我。

但阿小，似乎总躲在一个安静的角落，不参与我们两家的交际。他很安静，这种安静却分明带着点高高在上的感觉，似乎永远在专注思考着什么。他唯一一次和我聊天，是听我母亲在和乌惜开心地说，我又考了年级第一。他招招手傲慢地把我叫过去，说，黑狗达，所以你要好好读书，离开这个小镇。

我当时还觉得小镇很大，没有离开的迫切感，但心里对他莫名产生一种佩服：一个能看不上小镇的人内心该是如何的宽广。然而他读书却并不好，这让他这种高傲的安静，被理所当然地理解成一种孤僻。

孤僻的阿小，街坊开始这么叫他。

另一个阿小是搭着高级的小汽车抵达我的生活的。

还记得那个下午，一辆只在电视里看得到的小汽车突然出现在巷口那条土路上。巷子太窄了，车子进不来，来回倒腾的车，扬起呛人的烟尘，把围观的人，弄得灰头土脸。

我光着脚站在围观的人群里。那时候，白色的运动鞋，水手服样式的校服已经在小镇流行，但我习惯穿拖鞋的脚，却死活耐不住运动鞋里的憋闷和潮湿。老师说，不穿运动鞋就只能光脚来上课，学校禁止粗鲁的拖鞋。我干脆就把运动鞋往书包里一装，无论下雨酷暑，永远一对赤脚。日子久了，脚底磨起厚厚一层皮，甚至踩到玻璃也不会刺穿，开始骄傲地强迫同学叫我赤脚大仙。

然后这个阿小走下车了，他脚下是电视里小少爷穿的皮鞋，身上穿的是电视里小少爷穿的吊带裤，头上梳着电视里小少爷才梳的那种发型，皮肤白得像他身上的白色衬衫。

他长得一副小少爷该有的模样，白得发亮，瞬间让周围的一切都灰暗了。

他是我东边邻居阿月家的侄子。父母到香港承包工程发了家，哥哥已经办好香港移民手续，接下来办他的，这中间需要一两年的时间，这时间里他就暂且借住在这里等。

香港阿小，街坊觉得这名字特别适合，仿佛香港才是他的姓氏。

香港阿小给这群野生的孩子内心，造成了极大的触动。或许印第安人第一次看到欧洲人也是如此的心情。

从那天开始，他的家里总围着一群偷窥的孩子，这些孩子好奇他的一切：他说话老喜欢扬扬眉毛，他头发总梳成四六分的郭富城头，他喜欢吹口哨，还每天洗很多次澡。没过几天，这群老赤脚到处乱窜的小屁孩，个个说话也扬眉毛，头发也梳四六分，也开始吹口哨。竟然还有孩子偷窥他洗澡。

阿月姨家稍微殷实点，在那片地区是唯一的两层楼。香港阿小每次换洗的白色T恤和内裤就挂在楼顶迎风飘扬。那白色的衣物，雪白得太耀眼，似乎是文明的旗帜，傲慢地挺立在那边。对这些青春期的孩子，那衣物夹着莫名的荷尔蒙感。香港阿小来的第三天，有个小孩爬上电线杆就为了看一眼阿小最贴身的秘密，一不小心摔落下来。还好以前的土地都还是土地，而不是冷酷的水泥地。孩子磕出了伤痕，但不至于伤残。

这样的故事，小镇甚至羞于传播，大人们当作一切都没发生。他们用假装没看见，或者不理解，继续守着风土的简单。

我其实内心已经认定自己不会喜欢这个阿小的。在邻居小孩共同组成的拖鞋军团里，我最会读书，也是最得长辈和同龄人关注的，阿小虽然也引起我的兴趣，但他夺走了原本属于我的许多目光，让我多少有点失落感。

我假装漠视这一切，直到这一天，阿月姨来邀请我去和这个阿小玩。"你读书好，多带带他，别被那些野孩子带坏了。"我竟然掩饰不住地激动。

第一次的见面，有点狼狈。我手心全是汗，说话有点结巴。还好是他淡定。

他身上有花露水的香味，穿着雪白雪白的T恤，他笑出白白的牙齿，说："我叫阿小。听说你是这里最会读书的孩子？"

我点头。

"你比我大两岁？"

我点头。

"黑狗哥好！"

回到家没多久，拖鞋军团的人早在等我，他们像堆苍蝇一样聚拢来，叽叽喳喳地问询。我当时还假装深沉地说这小子很客气，不是简单人物。心里早生出了无比的好感。

担心他一个人孤单，也担心他被小孩子带坏，亲戚给他配了两个保镖——他两个表弟，一高一矮，一瘦一胖。阿小对他们说话都是命令式的：你们给我做什么去……

我不知道阿小是哪点喜欢我，第一次认识后，他就不断支使他的两个表弟轮流叫我。一会儿问："一起玩弹珠？"要不"一起捉迷藏？"或者"一起玩飞行棋？"

拖鞋军团的人开始意识到可能会失去我，他们看着阿小的表弟拜访我家，也派一个小孩，卡着同样的时间通知我。抉择的时间到了。

我犹犹豫豫，直到那表弟又来了："我哥问，要不要一起看他从香港带来的漫画书，还有任天堂游戏机。"

于是我选择阿小那边了。当天，拖鞋帮宣布和我决裂。

于我，阿小真是个让人愉快的玩伴，他总有最新奇的东西，漫画书、游戏机、拼图、积木……而且还有两个跟班帮你处理一些杂事：口渴了，他们去弄来冰冻饮料（香港带来的冲剂），热了，他们打开小风扇（香港带来的）。

于他的表弟，他真是个霸道的王子。吃桑葚表弟多拿了一个，他一瞪，表弟马上转过头去一声都不吭。玩游戏，我赢他可以，表弟眼看着也要超过他了，他喊了句表弟的名字，形势就马上逆转。

拖鞋军团站在外面的空地上，拿着用纸卷起来的纸筒不断喊：叛徒、走狗……我隐忍着不吭声，阿小却一个人走出家门，对着他们大喊："你们吵什么吵，野孩子。"

我意识到战争开始了。

拖鞋军团惯用的绝招是——牛粪加时钟炮。时钟炮于当时的我们来说，是高级的武器。它就像巨大的火柴棒一样，一擦，火着了，会按着固定的时间爆炸。炮的等待时间有一分钟的，也有半分钟的，恶作剧的关键是，时间要卡得刚好，把炮插在准备好的牛粪上，等我们刚好走到，还没注意时，牛粪突然仙女散花般，飞溅我们一身，就算成功。

然而，这些伎俩我太熟悉了，几次都成功地避开。直到拖鞋军团恼羞成怒，竟然直接把炮往我们身上扔。阿小怒了，回家拿出一把打鸟的猎枪冲出来，斜斜对着半空打了一枪。

砰——声音像海浪一样，在耳边一起一伏。拖鞋军团的人吓呆了，我也是。

"野孩子，吓傻了吧？"他骂人的时候，口中的牙齿还是很白，但声调傲慢得让我有说不出的寒意。

或许是不愿意失去拖鞋军团的传统友谊，或许是对香港阿小傲慢的不舒服，我慢慢地开始寻找平衡。刚认识那几天，我们几乎绑在一起，到枪击事件后，我决意抽出一半时间和拖鞋军团的人玩。

阿小察觉到了，竞争一般，拿出他所有的宝贝——香港来的拼图、香港来的唱片、香港来的遥控飞机。直到他意识到，我们俩之间确实有某种隔阂了，他也淡然了，冷冷地说，有空来玩，没空我自己玩。

我知道，他是在自己亲身感觉到自己的失败前，先行切割。

其实我偶尔会同情阿小的，特别是熟悉后。我觉得他是个孤单的人。这种孤单我觉得是他父母的错，他活在"去香港前准备"的生活里。他经历的所有一切，都是过渡的，无论生活、友谊还是情感。

那时候，香港是个更好的世界，他即将去到的目的地，让他不得不时时处于迫不及待离开的状态中，他会觉得，自己是可以蔑视这里的人。

但他却是个孩子，他需要朋友。

我想，他选择我或许只是因为，我是附近最会读书的孩子，他认为这是一种阶层上的接近。同时，或许他还有征服感。

在我开始疏远他的时候，他时常拿出他哥哥的照片看。

其实他和哥哥并没有太多相处的机会。母亲疼幼子，小时候夫妇俩去香港打工，不舍得阿小跟着吃苦，就把他留在老家，每月寄来丰厚的钱求得亲戚对他的照顾。而长子他们带在身边，帮忙工地做点事情。

所以哥哥从小就在香港长大，现在已经长出一副香港人该有的样子：留着长头发，打了耳洞，夏天会穿白色短裤配皮鞋，有时候还戴着条丝巾。

阿小崇拜这样的哥哥，我觉得他其实是崇拜着香港，正如我们崇拜着黑白电视里游走在高楼大厦里的那些人。

但对我们来说，高楼大厦还是遥远的事情，而对阿小，这是即将到来的事。

他几次尝试把头发留长，都被爷爷硬压着给剪了，他尝试用针给自己穿耳洞，最终扎出满身的血，让爷爷急匆匆送医院了。现在这些他都放弃了，但是常拿着哥哥的照片一个人发呆。

和他保持距离后，我每次和拖鞋军团的人疯回家，就会来看看阿小，他会给我讲哥哥的故事：我哥哥很牛的，他像电视里那样，骑着摩托车，带着一个女的飙车。但是到了我爸的公司，又换了一身西装，可帅气了。

　　有次他很神秘地和我说："我哥吸毒的。"然后拿给我一根烟，附在我耳边，"这是毒品。"一脸得意的样子，仿佛他掌握着通往天堂的钥匙。

　　他给我看完，又把那香烟小心地包在手帕里，然后装到一个铁盒子里，放在床下——我知道那是他认为最宝贵的东西了。

　　我看着这样的他，越发觉得遥远。我知道他身上流动着一种欲望，一种强烈而可怕的欲望。他要马上城市起来，马上香港起来。他要像他想象里的香港人那样生活。

　　我得承认，我看着电视上那些摩天大楼，心中也充满热望。但我老觉得不真实，它是那么遥远。而阿小，他简直活在奇怪的错位中：他穿戴着这个世界最发达地区的东西，肉身却不得不安放于落后似乎有几十年之久的乡下。

　　果然，一个晚上，阿小把我叫进他的房间，掏出厚厚一把钱：你知道哪里能买摩托车吗？电视上那种摩托车，带我去买，我要去飙车。

但小镇当时没有卖摩托车的地方，要买，必须去到六十公里远的市区。他着急了，那毒品呢？大麻呢？

那个晚上，是我陪着他去一家地下游戏厅玩了赌博老虎机作为结束的。看着他在老虎机上几百几百地兑换游戏币，然后大把大把地输，我内心里决定，远离这个阿小。

我知道他活在一种想象出来的幻想中。我担心他的这种热望，也会把我拖进去。

因为我察觉到自己身上也有，类似的躁动。

实话说，我不知道，阿小和阿小是怎么熟上的。

香港阿小很久没让表弟来叫我了，我也不怎么主动去。这天阿月姨叫我帮阿小补习——数学成绩下来了，他考了12分。

我拿着他的考卷，笑了半天，连最简单的二分之一加三分之一他都不懂。准备好好糗他一把。

走进去，看到那个身上还带着海土味道的阿小。

他们俩头凑在一起，正在搭一架木构的恐龙。

我有点错愕。这个阿小，对外人说话都不愿意超过三句。但我看到他在那夸张地开着玩笑："哇，这恐龙好酷啊，简直要叫出声了。"

很蹩脚的讨好。我心里说不出的反感，然后对这个老家的阿小有种莫名其妙的悲哀。我知道他为什么喜欢香港阿小的——他其实是喜欢这个阿小身上的香港的味道。

那个晚上，我只是简单把题目的正确做法示范了一下，就匆匆要走。

香港阿小着急了，追着出来，说要不要一起去打电动。他后面跟着那个老家的阿小。

我看着老家的阿小，躲在香港阿小背后，跟着一脸的赔笑。我说不出的难受，说，算了，我不玩了。转头就走。

从此，即使阿月姨叫我再去帮忙补习，我都借口推了。

我害怕看到老家阿小的这个样子，他会卑微到，让我想起自己身上的卑微。

老家的阿小突然新闻多起来了：他瞒着父母翘了整整三个星期的课，但每天假装准时上下学。他跑到小镇新开的工业区，不由分说地逼迫那些外地的打工仔，要求他们学狗叫，不叫就一阵拳打脚踢；最后他父母还发现他竟然偷偷溜进父母房间了，偷了几百块不知道去干吗。

乌惜心里憋闷得难受，又不敢在丈夫面前哭，每次出事就偷偷来我家和母亲说。

母亲只能安慰："孩子总是调皮的。"

我在一旁不说话，我知道这个阿小生病了，他从香港阿小那传染了"香港病"。我几次在路上碰到他，他说话的腔调、梳着的发型都很香港阿小。连笑的时候嘴角微微的上撇，都模仿得那么入微。

我忍不住插了一句："你让他别和香港阿小玩。"

乌惜愣了，她一向还挺骄傲香港阿小看得起自己家的孩子。母亲狠狠地打了我一巴掌："大人说话小孩子不能乱说话。"

但总之这话还是传出去了。后来路上碰到两个阿小，一个对我冷漠地转过身假装没看见，一个示意着要和我打架。想打我的，是老家的阿小。

不过，拖鞋军团的人总在我身旁，大家也相安无事。事情就这么过去了，我和两个阿小也彻底断了往来。

然后断断续续听到消息：老家的阿小又打人了，老家阿小被学校警告处分了，被留校察看了，后来，老家的阿小退学了。

然后再后来，听说香港的阿小一个星期后要去香港了。

阿月姨来我家了，手上带着一只木头拼成的恐龙，和一个任天堂游戏机——这是香港阿小最喜欢的两个玩具，现在，他想全部送给我。

阿月姨说："我不知道你们两个小孩子间发生了什么事情，但是他还是最喜欢你这个朋友，有空去找他玩玩。"

香港阿小显然对我的到访早有准备，估计都是演练过无数次的动作，所以表现一直得体并保持着骄傲感。

他一手勾住我的肩，像电影里那种兄弟一样把我拉进他房里，坐在床上，掏出一张纸片，上面歪歪斜斜地写着一行字，是地址。

"地址我只给你，有空给我写信。"他扬了扬眉毛。

我倒是笨拙，傻傻地补了句："寄到香港要寄航空信，很贵吧。"

他笑开了，"咱们好朋友你在乎这点钱，以后你到香港来，我一次性给你报销。"

然后我把我准备的礼物递过去给他，那是我最喜欢的一本物理参考书，厚厚一本，50元，对当时的我来说很贵，是我攒了半年才买到的。

"阿月姨给我看过你的物理，太烂了，做做里面的习题吧。"

"这么烂的礼物啊。"他又恢复到傲慢的恶毒了。

他走的那个下午是星期六，我刚好去市里参加一个比赛。听说他来我家敲门，不断喊我名字，却没找到我。

依然和来的时候一样，是一辆高级的小汽车来接他的，小镇的大人和小孩围成一圈，目送着这个仿佛属于另外一个时空的人离开，依然只有兴奋地指指点点。

那晚回家，小镇里的孩子兴奋地说，我太有面子了。但我心里说不出的空落落，一个人悄悄走到阿月姨家，在他住的房间窗口，往里看了看，一切黑糊糊的。

我转过头，看到不远的地方，一个小孩在哭，我知道，那是剩下的这个阿小。听说，他没去送香港阿小。

香港阿小就像被接走的外星人，理性的我早判定，他和我是两个时空的人，此前发生的事情，就当一场梦了。不多久，我又当回我的赤脚大仙。而整个小镇也似乎迅速遗忘这么一个本来也不大起眼的小孩，依旧吵吵嚷嚷、热热闹闹。

只有一个人，提醒着香港阿小的存在——我家前面那个阿小。

没有香港阿小带他去理发店剪那样的发型，他坚持自己试图用剪刀剪出那样的形状；没有阿小陪他去开发区展现英雄气概，他依然坚持每天晚上去逼迫路过的外来打工仔扮狗叫，然后几次邀约各种人去观摩，都遭到拒绝。

没去读书，这个阿小的命运只能有一条：当渔民。他是挣扎了几次，甚至和父亲大打出手，离家出走。失踪了一个多月，饿得瘦骨嶙峋的阿小回来了。他答应当渔民了。他的条件是：必须给他买一辆摩托车。为了儿子走回正途，他父母商量了半天，终于同意了。

打鱼要赶早潮，每天早上五六点，我就听到那摩托车帅气地呼呼地催引擎，发出的声音，炫耀地在小巷里扩散开。他每天就这样载着父亲，先去下海布网。他大哥和二哥，则踩着那辆吭哧吭哧响的自行车跟在后头。

下午三四点他们就打鱼结束回来了。海土、海风和直直炙烤着他们的太阳，让他越来越黝黑。每次把满装海鲜的箩筐往家里一放，他的油门一催，就呼啸着玩耍去了。没有人知道他去哪，但是后来很多人常告诉我，看到阿小，沿着海岸线边的公路，以超过时速一百的速度疯一样地呼啸而过，嘴里喊着亢奋的声音。

慢慢地，我注意到他留起了长头发，每次他开摩托车经过我家门口，我总在想，他是在努力成为香港阿小想成为的那个人吗？

我从没想过，会收到香港阿小的来信。那已经是他离开小镇的第三年，我已经进入高考的最后准备时期。

他拙劣地在信封上写着，某某中学，然后我的名字收。还好学校负责的收发阿姨，仔细地核了全校五千多个学生，才找到了我。当然，也可能是来自香港的邮戳起的作用。

他的字还是那么差，扭扭捏捏，但已经换成繁体字了：

亲爱的黑狗达！

好久不见。

我在香港一切很好。香港很漂亮，高楼大厦很多，有空来找我玩。

祇是我不太会说粤语，朋友不太好交，多和我来信吧，我找不到一个人说话。

我家换了地址，请把信寄到如下……

我知道他在香港可能一切都很不好。我突然想象，在那个都是白衬衫、白牙齿的教室里，另外一群孩子高傲地看着他，悄悄地在他背后说乡巴佬。

我莫名其妙地难过。

拿着信，我去敲了乌惜家的门。这个阿小正在自己玩吉他。当时流行的一部香港电视剧里，主人公总在弹吉他，许多潮流男女都在学。

我拿出香港阿小的信给他看。

他愣住了，没接过去。

"他给你写信？"

我明白了，香港阿小没给他写信。

这个阿小抢过信，往旁边的炉子一扔。香港阿小的信，以及回信的地址就这么被烧了。

我才觉得，我太鲁莽太欠考虑了。

我知道，从此这两个阿小都和我离得更远了：一个收不到我的回信，肯定是责骂我扔掉我家的地址；一个从此会因为觉得自己受伤而更加疏远我。

高三的后半学期，整个学校像传销公司。

老师整天说，别想着玩，想想未来住在大城市里，行走在高楼大厦间，那里才好玩。他们偶尔还会举例：某某同学，考上了北京的大学，然后，他就住在北京了……

口气笃定得好似王子和公主从此过上幸福的生活。

谁都没怀疑住在北京就是所有幸福的终点。整个高三的年段，也像是准备离开小镇的预备营地，许多人开始寄宿在学校，全心投入一种冥想状态。仿佛学校就是一艘太空船，开往一个更开明的所在。

我也是寄宿中的一员，全身投入这种冲刺中。直到高考最后一刻结束，回到家，母亲才叫我去探探阿小。

阿小骑着摩托车在海边狂飙，一不小心车歪了，他整个人被抛出去，头先着的地。那是两个月前发生的事情。当时一度下了病危通知书，但总算奇迹般地抢救过来了。

去到他家，他还躺在床上，受伤的头部已经拆线，但可以看到，前额凹进去一块。他看到我惊恐的表情，开玩笑地说："我牛吧，摔成这样，竟然没死，而且一点后遗症都没有，就是难看了点，不过这样也好，这样出去，混江湖最容易了……"

两个月后，我被一所外地的大学录取，离开小镇。我去向他告别，他当时已经开始和父兄去捕鱼了，只不过从此不骑摩托车，也蹬上了吭哧吭哧响的自行车。

阿小终于成了小镇上的渔民了。

兜兜转转，大学毕业后的我，来到了北京，来到了那个在想象中可以和香港比拼的北京。

当然，此时的我早知道，留在北京不是全部故事的结束，而是所有故事的开始。

偌大的城市，充满焦灼感的生活，每次走在地铁拥挤的人群里，我总会觉得自己要被吞噬，觉得人怎么都这么渺小。而在小镇，每个人都那么复杂而有生趣，觉得人才像人。

这个时候我才偶尔会想起老家的阿小，我竟然有些妒忌。听说他娶了个老婆，很快生了个儿子，然后自己买了块地，建好了房子，也圈上个庭院，里面还同样养了只狗。

我则每天忍受着颈椎病，苦恼着工作的压力和工作结束后的空虚。唯一能做的是不停通过职业的成就感稍微缓解自己：我是个写字的人，在一家全球闻名的顶级杂志社工作，我的文章会被到处转载。

总有老家的朋友，从那听得到狗吠的小镇上打来电话，说你这小子混得不错。装模作样地相互吹捧下，挂下电话，迎接突然袭击而来的空虚感。

这个晚上，我习惯性地查阅自己博客的评论，意外地

149

看到一条留言：你是黑狗达吗？小镇上的黑狗达吗？我是阿小，我在香港，能电话我吗？我的电话号码是……

是阿小。香港那个阿小。

说不上的犹豫感，我竟然拖了半个月没回电。我竟然有点害怕。我不想知道他活得怎么样，无论好，或者不好，对我都是种莫名其妙的震颤。

半个月后，突然有个事情必须到香港出差。我把电话抄在纸上，还是没决定是否拨通这个号码。

事情忙完了，一个人瘫在宾馆空荡荡的房间里，突然下了决心拨打出那串电话。

"喂？边个？"

"是阿小吗？"

"啊？"他愣了下，显然有点错愕。

"黑狗达！你在香港？你终于要见我啦！"

他竟然记得我的声音，可见香港的生活让他有多孤单。

和阿月姨拉着我第一次去见他的时候一样，我竟然又紧张到全身是汗。坐在路边的茶餐厅里，我一直想象，他会是怎么样的？他应该长发飘逸，穿着入时，然后应该钉上耳环了吧？他应该终于可以打扮出他想成为的样子了吧？

阿小进来了。我一眼就认出他。他的身体拉长了，五官却没怎么变，他剪着规矩的短发，但耳朵确实有曾经戴过耳环的样子。他依然打扮得很清爽，但背着一个不太搭配的帆布包。

他看到我，笑开了那嘴抽烟抽坏的牙齿，张开双臂，迎上来抱住我。

你当时怎么没回我信？他问。

我张了张口考虑是否要解释，终于还是放弃。

爱面子是没变的，当晚他坚持邀请我到香港半山的一座高级酒吧。透过窗子，是维多利亚的璀璨夜景。

适当的怀旧后，我终于忍不住问："你现在怎么样啊？"

"我啊，好好工作啊，哪像你，混得这么好！"

"做什么工作？"

他用手摇了摇酒，支支吾吾。仿佛下了很大决心，终于说："我在安装防盗门。"

然后马上补充：但我是高级技工，一个月能拿一万二港币。

我不知道如何把话进行下去了。一种找不到话题的恐慌感，在彼此心内滋长。

他很努力，自嘲地讲到了在香港被同学看不起，交不到朋友，对城市生活的厌恶，以及父母生意的失败。

"你知道吗，我竟然觉得，那个我看不起的小镇才是我家。"说完他就自嘲起来了，"显然，那是我一厢情愿。我哪有家？"

我知道这句话背后藏着太多故事：为什么没有家？他父母呢？

但我也意识到，这显然是他不愿意提及的部分。

晚上十点多，他说自己要赶公车回住的地方了。我送他到车站。

车站早已经排了长长一队，有打着领带穿着廉价西装的，有穿着电器行标志的服饰的，有别着美发屋样式的围裙的……

临上车了，他突然说，要不要到我住的地方继续聊天，我们太久没见了，通宵聊聊天不过分吧？

我想了想，答应了。

车的站牌上写着通往天水围，我知道天水围于香港的意义。一路不断闪过高楼大厦，他兴奋地和我一个个介绍，也顺便讲述了发生在其间的自己的故事。

车继续往城外开，灯火慢慢稀疏。

"快到家了。"他说。

然后车开上一座长长的斜拉桥。

"这桥叫青衣大桥，是全亚洲最大的铁索桥。我每天坐车都要经过。"

"这样啊。"我礼貌性地点点头。

他望着窗外的桥，像自言自语一样："我来香港第三年，父亲查出来得了癌症，鼻咽癌，建筑公司不得不停了，父亲到处找医院医病，本来还有希望，结果哥哥怕被拖累，卷着家里的钱跑了。我和母亲只好卖掉房子，继续给父亲医病。有一天，他自己开着车来到这里，就从这里冲下去了。我现在要挣口饭吃，还要从这经过。"

我愣住了，不知道怎么接话。

他接着自言自语："城市很恶心的，我爸一病，什么朋友都没有了。他去世的时候，葬礼只有我和母亲。"

"呵呵。"停顿了一会儿后，他自己轻轻笑了一下。

我张了张口，尝试说点什么。他显然感觉到了。

"我没事的，其实可搞了，香港报纸还有报道这个事情，我家里保留着当天的报纸，是头版头条，你相信吗？"他转过头来，还是微笑着的脸，但脸上早已经全是泪水。

车依然在开，那座桥漫长得似乎没有尽头。桥上一点一点的灯影，快速滑过，一明一灭，掩映着车里晃动着的疲倦人群。

大部分人都困倦到睡着了——他们都是一早七点准时在家门口等着这车到市区，他们出发前各自化妆、精心穿着，等着到这城市的各个角落，扮演起维修工、洗碗工、电器行销售、美发店小弟……时间一到，又仓皇地一路小跑赶这趟车，搭一两个小时回所谓的家，准备第二天的演出。

他们都是这城市的组成部分。而这城市，曾经是我们在小镇以为的，最美的天堂。他们是我们曾经认为的，活在天堂里的人。

阿小转过头去，拉开车窗，让风一阵一阵地灌进来。我突然想起远在老家，已经又敢重新开摩托车的那个阿小。

这个时候，他应该已经在海边布好了明天的网线，骑着摩托车沿着堤岸往回赶。家里有房子、妻子和儿子。听说他也养了只黑狗，那黑狗会在他还没到巷口的时候，就欢快地跑出来迎接。

天才文展

大约十一岁的时候，我得过一场病。

说起来并不严重，就是不爱说话，不爱吃饭，不爱和任何人对视。对于这样的病，小镇的医生是不屑的。不屑，也可能来自不懂。在当时，每个人身上财富还没有足够的数量，对人的耐心因此也没有足够的重量，这样"多余"的症状，只会被当作一个人的胡思乱想。

"把他晾一段时间，自己就会好了。"医生是这么说的。

那个医生治疗过我养的一只猫和阿太养过的一头牛。用的是同一种针剂，只不过猫打了一剂，牛多加了一剂。我的猫当晚就死了，阿太养的牛挣扎了一个月。在即将死的时候，阿太赶紧叫屠夫来宰了。"死掉的牛，肉是不能吃的。"这是阿太的理由。缠过脚的阿太在宰完牛，忙着挎着篮子到处给亲人分牛肉时，还特意去了趟那医生的家。阿太还没开口，医生就先说了："你得感谢我，要不是我，你那牛连一个月都扛不住。"

所以母亲听完医生对我的诊断，第一件事就是着急跑去找父亲："看来不是小问题，土医生找不到办法，我们得找。"

父亲是个因为不太愿意动太多脑筋而显得很阳刚的男人。整天混朋友的他，开出的药方是："不就缺玩伴吗？找啊。"

第二天，文展被母亲领到家里找我玩了。

这是我们第一次见面。

文展这个人选说不上是母亲多精心的安排。

当时每个成年人似乎都练就了吃饭的一个好本事，手托着一个大碗装着米饭，手腕的剩余部分夹着一个小碟子，里面装满这一顿可以下饭的两块榨菜、一块肉诸如此类，然后女人就全世界话家常去，男人就到处找墙脚蹲着海吹胡侃。

那个周六，母亲只是托着自己的午饭走了趟周边的邻居家，然后领回了文展。文展家住在后面，他大我一岁，而且"读书不错"——母亲介绍的时候强调了一下。

我不记得当时他什么表情，我只记得自己"哦"了一声，用手背盖住眼睛，继续睡觉。当时的我吃完饭就睡觉，睡醒后就发呆，然后再吃饭，再睡觉。

我的冷漠没能让文展放弃。我记得他当时似乎很用心地观察了一下我，审视了我房间里摆放的东西，然后很淡定地坐在了我的床尾。他当时的行为举止有种崇高的仪式感，我估计他当时就已经觉得自己是个有天命的人，而我或许是他想启迪或者拯救的第一个人。

他推了推我："起来，聊聊天？"

"不聊。"我回。

"还是得聊聊，你是想一辈子这么过去。"

不知道别人的经历如何，据我观察，人到十二三岁就会特别喜欢使用"人生"、"梦想"这类词。这样的词句在当时的我念起来，会不自觉悸动。所以我内心波动了一下："没什么可聊的，你别来吵我，我只是觉得一切很无聊而已。"

"正因为你觉得无聊我才要和你聊天，我要告诉你，我们是有机会过想象的生活的，我们可以挣脱这里的一切。"

这句话倒是让我坐起来了。我承认他猜出我当时内心在困惑的东西是什么，可能因为他也曾那么困惑过。那年我十二岁，小镇还铺不起水泥路，到处是土路或者石板

158

路，小镇的每条小巷都窜过，每个屋子都闹过，刚开始思考自己要过的生活。但当我想象自己的未来，可能像小镇里的任何一个成年人，我就觉得无趣得让自己恐惧。

在当时的我看来，小镇有种赤条条的无聊感，而自己将要面对的生活也是。但让我坐起来的，倒是文展矫情却又真诚的那种表情。他张开双臂，可能想象自己是只老鹰，但他太瘦了，留在我印象中的是一把撑开着衣服、晾在风中的衣架。

"所以我们要创造我们的生活。"这句话，我每一个字都记得清清楚楚。因为，当时我想，怎么能有一个人，把这么矫情的话这么认真地说出来。

但我得承认，他说话的时候，有那么一两秒，我脑海里晃过诸如草原、大海、星空……此类很浩瀚的什么东西。

我记得自己坐了起来，看着他，有点眩晕，想了想，说："我得先睡一觉，明天再找你聊。"

在他要告别前，我才努力睁开眼认真看了看他，却发觉，他竟然是个兔唇。

第二天我就去找他玩了。

由于我开始恢复对人间的注意，那一天我总算看清楚他的样子：下半身穿着一件不合身的、可能哪个长辈淘汰的西装裤，上半身是另一件不合身的、可能哪个长辈淘汰的白衬衫。

文展瘦瘦的胸脯像块洗衣板，但他却坚持解开了衬衫上面的三粒扣子。我想，在他的衬衫晃荡晃荡地兜着空气的时候，他能体会到类似飘逸的感觉吧。

最让人印象深刻的，还是他的兔唇，他的嘴倔强地扛着一个角度，因而格外惹人注目。

在我的记忆里，少年时期的孩子最容易不自觉做的恶事，就是发现并嘲笑他人的生理缺陷。每个小孩一旦意识到自己某部分的缺失，总是要战战兢兢地小心隐藏着，生怕被发掘、放大，甚至一辈子就被这个缺陷拖入一个死胡同里。我亲眼见过，几个有生理缺陷的小孩被嘲笑、边缘化，而内心里放弃对自己的想象，觉得自己只匹配更糟糕一点的生活，从此活成有缺陷的人生。

我因此有了莫名其妙的崇拜感——文展是我见过的唯一一个降伏了缺陷的孩子。

我去他家的时候，才发现原来周围将近一半的孩子每个星期天下午都聚集在这。每个人零零散散地坐在他家的客厅里，似乎在等着文展规划接下来这一个下午的安排。

而文展总是有意无意地每天和不同的小孩聊聊天，边聊天边等着更多人的聚齐，等到人聚得差不多了，他才站起来宣布他的提议：等下我们一起去海边挖文蛤。某某和某某负责去家里"偷借锄头"，某某和某某你们"最好能找来一杆秤，我们挖了文蛤好卖钱"，某某和某某你们要去找两副挑担……待一切整顿完毕，一群孩子就从文展家里浩浩荡荡地出发了。在那一路上，他还会适时地讲述海边树林的白蛇传说以及某个村子真实的历史渊源。

公允地说，那些活动也和一般小孩子的玩耍没有什么两样，唯一不同的是，一切都要听文展的指挥。

听人指挥，在还渴望自由好动的孩子看来，是件不太能接受的事情，而且我想，应该不只是我对他经常性组织的这类活动不感兴趣吧。我看得出将近有一半三心二意的人。

每次我看到他用那高调的兔唇和奇怪的语音，布置了一个下午的事情时，总好奇地想，为什么那么多人像上课一般，每天固定时间来他家报到。他又是如何，似乎让自己高出这群孩子不止一个层次，以致让所有人忘记可以有嘲笑或者反抗他的权利。

因为，他有比这些孩子更高的理想。这是我后来才找到的答案。这答案听上去很虚假，却真实构成了文展身上那种硬铮铮的精气神。

我加入"文展兵团"——后来改名为赤脚兵团没几天，就听说文展在做一件伟大的事情。

文展兵团的活动时间很固定，周一到周五每天下午放学四点半到晚饭前的六点，然后就是周六、周日的整个下午。

周六、周日总是结队出外玩耍实践，内容多半是烤地瓜、学游泳、挖文蛤之类，周一到周五，在集体做完功课后，总是一些棋牌类的游戏，跳棋、军棋、象棋、围棋、大富翁，等等。文展的家里，不知道从哪配置好完整的一套棋牌类游戏，只要凑齐了足够的人，就可以向他领取。

玩棋牌的时候，更主要的娱乐活动其实还是彼此间的斗嘴和聊天。这些小孩，习惯用夸张的口吻讨论着文展在做的那件很伟大的事情。

"是不是他做完，就会变成和张校长一样伟大的人？"

"有可能，或许还会变成和毛主席一样厉害的人。"

我好奇地追问，文展在做什么伟大的事情。

那些小孩不屑地看着我："他在做你理解不了的事情，

他在做一件伟大的事情。"

好奇心终于没让我忍住。等到孩子都散去之后，我把文展拉住，支支吾吾地问："他们都在说，你在做一件很伟大的事情，是什么事情啊？"

文展的兔唇，一笑就会翻出唇白，感觉有些诡异："你想看吗？"

我点点头。

"一般我不让他们看，但我决定给你看。"说完，他便领着我，往自己的房间走。

他必须和哥哥共享一个房间，但一看就知道哥俩的感情不是很好，因为房间分出了明晰的两块区域。

他从床底下掏出一只棕黄色的皮箱，我想，估计是他母亲当年的嫁妆之一。皮箱打开，是厚厚的一沓纸，纸下面，是另外厚厚的一沓书。

他小心翼翼地把那沓纸拿出来，一张，一张，轻轻地铺展在地板上。声音都压低了："你看，这是年份，年份下是我整理出来的、每一年这个国家发生过的我认为重要的历史事件，我还写上，我认为的这些事件发生的根本原因……"

"从九岁开始，每天晚饭后我就一个人做这样的整理，我觉得，要是我能在十八岁前做完这一千多年的整理，我或许会成为一个了不起的人。"他的脸通红通红，几乎可以看到皮肤下的血液在沸腾。

我也突然感觉到一股莫名其妙的热气冲了上来，头顶似乎汩汩地在冒汗，全身的毛孔全部打开。我睁大眼睛看着他，那一刻，我甚至觉得，他已经是个伟大的人了。

接下来的日子，我每天都迫不及待地往文展家里跑，在事务性地和同伴们履行完游戏的职责后，就迫不及待地问："你要开始整理吗？"

文展总是笑而不答，迎接我的眼神，总有种很神圣的光芒。似乎我们确实在见证着某些伟大事情一点点成真。

我本来就是个成绩不错的人，而文展正在进行的这项伟大事业，让我更加有点迫切的紧张感。很容易地，我又重新拿了年级的第一名，但这样的成绩，依然没能安慰到我，我会突然感觉紧张，甚至着急到透不过气。我总在想，必须做点什么，才能跟得上文展。

这样的焦虑，让我不得不经常找机会和文展好好聊聊。

最开始，他的回答总是，不着急，等你考了年级第一名了我再和你说。当我拿着成绩单再找到他的时候，我看得出他有些意外，我也为自己能让文展意外而内心小小地得意了一下。于是我再追问一次："我得做点什么呢？"

"你得想好自己要拥有什么样的人生，然后细化到一步步做具体规划。"这次他回答我了。他显然认为，我是这附近孩子中唯一有资格和他进行这种精神对话的人。

或许这类宏图伟志孤独地藏在他心里太久了，那天下午，他几乎对我全盘托出："比如我，未来一定要到大城市生活，所以我计划读大学或者读省城的重点中专。考重点高中再上重点大学，这不难，但花费实在太大了，我家里很穷，估计上重点中专比较合适。上重点中专，多一分不行，少一分也不行，必须学会控制自己的分数，刚好在那个区间，得有能力掌握住分数。然而，到大城市只是第一步，我得能在大城市留下去，并且取得发展机会，我必须训练自己的领导能力，让自己未来在学校里能有机会当上学生会主席，学生会主席就会有很多和各个单位接触的机会，然后我得把握住机会，让他们看到我、选择我。"

"所以你每天组织我们这帮人一起玩，是在训练领导能力吗？"我才恍然大悟。

他得意地点头："而我整理中国历史大纲，是因为我在中考的作文里可以大量运用历史知识，这应该能保证让我拿到不错的分数，然后，据说公务员考试，如果能用历史故事说道理，也很能加分。"

我几乎屏住了呼吸，发觉自己的人生在此前活得太天真太傻。"我怎么样才能也拥有这样的人生啊？"惊讶和莫名的恐惧，让我讲出了文绉绉的话。

"你要找到自己的路，"文展非常笃定，"我会在大城市里等你的，我相信你。"他轻轻拍了拍我的肩膀。我想，这应该是从一系列抗日战争连续剧里的将军们身上学的。

或许连文展自己都没意识到，他的话，完全摧毁了我。接下去的这个暑假，我完全被抛入一种对自我全盘否定的虚空里。

和朋友玩耍，这有意义吗？只是又考一次第一名，这有意义吗？母亲坚持要我执行的，每周到外公外婆等长辈家里问好，这有意义吗？甚至我毫无目标地这么思考，有意义吗？

当时的我，相信，全世界能回答我这些问题的，还是只有文展。

但那个暑假，文展似乎在调整自己的人生策略。虽然暑假每天都不用上课，但他坚持把赤脚军团的活动，压缩到只有星期天的下午。而这个下午，可以看出他在试探性地组织各种事情。其他的时候，他总是一个人关在家里。

内心的苦闷，驱使我一次次去缠住他，而他总用一句话试图摆脱我："自己的路得自己想，我不可能为你的生活作答案的。"

我开始整夜整夜地失眠，然后疯狂地半懂不懂地看叔本华、尼采、康德等人的哲学书，有一段时间，根据我母亲的回忆，我常常眼神呆滞地自言自语。

再不关心我的人都可以看出来，我这次生的病比上次更严重了。而母亲似乎也明白过来，还是只有文展能帮到我。

半推半就下，文展终于在暑假快结束时再次接见我了。

他走进我的房间，似乎有点急躁："你知道吗？被你打扰的缘故，我这个暑假预计要完成的目标，只完成了八成，我明年就初三了，这是我的一个战役，你答应我，不要再拖累我。"

我点点头。

"我要告诉你的是，困惑、一时找不到未来的大目标这很正常，没有几个人能很小的时候就知道自己可以过什么样的生活，你做好眼前的一件件事情就可以了。"

"那你为什么那么早就知道自己要过什么生活？"

这个问题，或许真是问到他心坎里了。他突然两眼睁大，像下了一个决心一般，转过头和我郑重地宣告："因为我想，我是天才。"

在宣告结束后，他似乎才突然记起此次来我家的任务："不过，你也是人才，人才不着急，按照生活一点点做好，生活会给你答案的。"

"真的？"

"真的。"

我没想到的是，我竟然会在他面前哭了。

过了那个暑假，文展初三了。用他的话说，他要迎来第一场战役了。当时有个奇怪的政策，重点中专，只招某一个分数段的高才生。按照计划，文展必须准确把自己的命运，投进那个分数段里。我知道，这个尝试的难度。

或许有种被他遗弃的哀怨感，更或许是因为相信他的话——他是天才，和我不是同一档次的人，我决定不再去文展家里了。但是文展每次上学，都要经过我家，我们总还是不可避免要碰到。

我莫名其妙地害怕那种相遇，每次见到他，仿佛自己的粗陋一下子全部裸露了，自己的困惑不自觉地又汹涌起来。

但他每次都分外热情，坚持要拉我同行。同行的一路上，有一搭没一搭地讲述自己已经实现的某个目标："我上次单元考，准确地考到九十分，这次，则比我预计的多了一分，我相信自己能准确掌控分数了。"

我只能微笑。

"你呢？"

"我不知道，就先做好小事，大事以后再想。"

"别着急，到自己能想明白的时候，就会突然明白的。"他鼓励我。

事实上，感觉被文展抛弃的，倒不仅仅是我。或许是时间确实不够了，也或许文展觉得自己已经完成了领导力阶段性的训练目标，文展越来越压缩"兵团"在他家的活动时间，到最后，只留下星期六两点到三点，这短暂的一个小时，允许其他玩伴前来探望。

许多人不解，跑来向我询问原因。

"或许他骨子里头是个自私的人，用完我们就不要了吧。"当我说出这样的话，连我自己都觉得惊讶。这让我察觉，自己在一定程度上成了被他"奴役"的人。而这种意识，让我分外痛恨起文展。

我甚至偷偷想象：如果他失败了，会是什么样的表情？

让我意外的是，这样的表情，我竟然很快就看到了。母亲总有意无意地给我带来文展的消息，她说，文展似乎是压力过大，每次一考试就头疼到不行，成绩下滑，还整夜整夜地失眠，头发一直在掉。"他爸妈很担心，有空你多带些孩子去看看他。"

"他不需要我们的，我们开导不了他的，因为他比我们厉害多了。"第一句话或许是气话，但第二、三句话，确实是我担心的实话。

终于，在一次上学途中，我追上文展想说些什么。

他当时应该正处于非常敏感的状态，一下子捕捉到我准备讲出口的某些安慰的话——某些会让他不舒服的话，还没等我开口，他就傲慢地答："你以为你能开导我？"

语气一贯地居高临下，但是，或许是因为恼怒，听得到因为兔唇而发出的很大的鼻腔音。

我们居住的这个闽南小镇，据说第一批先民是在晋朝，镇子里还循着当时的许多古制，其中之一就是每到元宵节，镇教育委员会就会奖励当年各个年级考试前几名的人。

在以往，文展总是那个年龄段绝对的第一名，而我则总在前三名里来回和其他人角力。那年元宵节，我因为还没从自我的怀疑中恢复过来，只考了个第六名。这样的成绩，我本来是决不愿意前去领奖的，然而，母亲鼓励我说："领到的奖金全归你。"第六名奖金五十元，相当于两套漫画书，我终于硬着头皮去了。

因为是循古制设立的奖项，颁奖的过程也循古制。先是当地有名望的老文人，摇头晃脑地宣读捐款的乡绅名单，然后再用同样的腔调，一一诵读获奖的孩童。诵读的秩序，从低年级到高年级，奖金也依次增加。

我小时候是极爱听这样的诵读的，抑扬顿挫很有韵味，而且经由老先生的嘴巴这么一念，仿佛自己成了某种质感的能人。那天我只是着急想听他赶紧念诵完，才发觉，那老先生念诵的节奏实在有点太慢。我焦躁不安地到处巡视前来领奖的人，隐隐觉得不对，到反应过来的时候，已经在念文展所在的那个年段——竟然没有文展的名字。

我心怦怦直跳，顾不上领钱拔腿就往自己家里跑。跑到家寻住母亲，上气不接下气："没有文展的名字，文展竟然没有进入领奖的名单，文展考砸了，文展完蛋了。"

母亲当下愣住了："他怎么可能完蛋了？他可是文展。"

其他的孩子也听说了这个消息，但我们后来统一得出的答案是：文展没有考砸，文展是忘记去登记成绩，以致没有领奖的机会。

对于这个答案，我们几次试图找文展求证。然而，文展在那个寒假，以及接下来的时间，完全拒绝和我们见面。

以前文展总交代父母，自己的家门要一直开着，方便我们来找他玩。那个寒假开始，他家总闭得紧紧的。我们在门外一直敲门喊，回应的通常只有文展的母亲："他在温习功课，再一个学期要中考了，他没时间和你们玩。"

渐渐地，文展兵团算是瓦解了。玩伴们三三两两，组成新的团队，各自调皮捣蛋去了，而我，再一次有意无意让自己落了单，整天赖在家里。实在无聊的时候，我开始一篇篇地胡乱编写着故事。写完之后，再自己读给自己听。

母亲怕极了，总和人担心地说："会不会读书读到脑子烧坏掉了。"让她加重担心的原因还在于："你看，我邻居家的文展，也变得怪怪的。"

有了这种意识，母亲当机立断想了一个办法：让自己的孩子旷课半个学期，就跟着在船上工作的父亲，到宁波出差。

当时的宁波，比起我所在的老家小镇，无疑是个匪夷所思的大城市。我就居住在后来被开发成"老外滩"的一个酒店里，认识了一个个活生生的城市里的孩子，实实在在地呼吸着大城市的空气。虽然留在我脑海里的东西不多，但我似乎忘记了在小镇纠结的许多事情。

等到我回老家时，已经是期末考的前夕，也是在那一周，初三年级的学生要提前举办中考了。

这样的时间点，让我再次挂心起文展。虽然在家自己尝试补回半个学期的功课很辛苦，我依然隔三岔五去敲文展家的门，我想当面交给他自己在宁波买的明信片，我想，这能更加笃定他的追求。

但门依然没有开。

看着时间，我知道中考过了，紧接着是我难熬的期末考，然后，终于放暑假了。

因为去了宁波一趟的经历，以及从宁波带回来的种种

173

物事，我家意外地成了附近孩子新的聚集点。他们一遍遍不厌其烦地端详着从城市带回来的东西，不厌其烦地追问我大城市的种种生活细节。

我一开始很享受这次旅途为我身上添加的某种光环，然而，被问得多了，我开始觉得格外的厌恶，心里想着，不就是那么一个地方，值得这么傻得神魂颠倒吗？我挂念的，还是文展。然而，他家的门一直紧闭着。

眼看暑假过了一半了，我也已经失去耐心，赶走了想和我询问大城市生活的玩伴们，又习惯性地把自己关在家里，胡思乱想一些故事。

这个下午，我又躺在床上睡懒觉，突然听到母亲在和一个人高声谈论着什么。那语调奇怪却格外有力、坚决，我兴奋地跳下床，果然是文展。

他走进来，两手一摊：我做到了，我考上了在福州的重点中专，妥帖地过了分数线一分。我打败了所有不看好的人。

我顾不上反驳他其中一些偏激的话，激动地大叫起来。我激动的不是什么他可以去大城市之类的，所谓大城市对我来说已经没有什么新鲜感，我激动的是，他活过来了。

但他依然很兴奋地和我展望，自己将在城市里展开的新生活。他还一字一句，很神圣地告诉我："等一下，你陪我去趟居委会好吗？按照学校的要求，我的户口需要迁出这个小镇，迁往福州这个城市。"

我当然表示同意。似乎是为了奖赏我对他的关心，他郑重宣布："我到城市后，会每周给你写信，告诉你那里生活的一切，直到你也可以去到一个城市。"

这对当时的我说不上是多么喜出望外的礼物，但我知道，自己必须兴奋地点头。

文展最终以一个模范的样子，启程前往城市了。最终是他父亲的朋友，用拖拉机把他送到车站的。当他拿着行李包要坐上拖拉机时，他的父母欣慰地哭了，似乎已经看到他光宗耀祖的未来。而一向和他家交恶的伯伯，也带着全家来了，说了些祝福的好话，还特意交代："以后要多关照我们家的孩子。"

文展像个已经要成功的英雄一般，一一慷慨地答应了。

要上拖拉机的最后一刻，他还特意转过头对我大声地喊："我在城市等你啊，黑狗达。"

我挥挥手，心里为他依然最看好我而得意洋洋。

文展果然履行诺言，他离开后第二周我开始收到信了。

看得出他特意花了心思，信封是福州市市庆的纪念封，邮票也是市庆的纪念票，信纸印有就读学校的名字和校标。

第一封信的内容，他主要讲述了对城市的第一印象，以及他计划的探险——他计划在一周之内，借着课外时间，沿着一条主干道，把这个城市的主要街道走一遍，并且感受下"一个城市是如何运营、滋长的"。

第二封信，他告诉我，他将进入一周的军训。军训是锻炼人意志的。这是种"聪明"、"可取"的教育方式。并且他觉得，意志力是自己的特长，军训应该有助于自己迅速获得班级人对他的尊重。

或许是军训的缘故，第三封信他延误了一周。最终第三封信里，他的口气有些疲惫，他没提到军训的具体细节，只是说到"自己的兔唇成了一些庸俗的人恶意攻击的重点"，"我知道，他们意识到没法在其他方面超越我，所以才做这么恶意的攻击"，"但我不会低下身去和他们计较，我知道，只有比他们水平多出足够的高度，他们才会恐惧到敬畏我。"

自此再没有第四封信了。

我有些担心，在等了两周后，又去敲了趟文展家的门。出来应门的是他哥哥。他哥哥早就没有读书，在我印象中，他总以文展的反面例子活着，现在正作为不好好读书所以找不到好工作的代表，被父母嫌弃地养着。

"你知道文展在福州的情况吗？他没有按照约定给我写信，是不是遇到什么事情。"

"我没和他联系，你知道，他不喜欢和我讲话，我只听说，他在学校似乎被人取笑兔唇这事，听说还打过一架，反正学校是要我父母亲随便哪个人到福州一趟，但车费太贵了，他们不愿意去。"

我着急地马上匆匆赶回家写信给文展，信中我委婉地问他是否遇到一些挑战。我知道，这是他能接受的问法。

他还是按照预计的时间推迟了三周才回信。信里很简单：别担心，我遇到一些自己没有料想过的挑战，但是，未知的挑战本来就是在我的规划里的，我预计在这一学期结束前，处理好这个问题。所以我可能没时间给你回信，我们暑假时见面再说。

然而还没等到暑假，文展就提前回家了。他告诉我的理由是，功课太简单了，所以他申请把课程压后考。

同伴们当然络绎不绝地去拜访文展，希望听他讲述，小镇之外的生活有着如何的模样。一开始文展还是表现得非常兴奋，每天绘声绘色、手舞足蹈地说着城市新奇的种种，但一周不到的时间，文展家的门又关上了。

一旦有人去叩门，文展的母亲会说："文展觉得和你们说话没意思，他要一个人想想怎么干大事。"

在此之前我还自以为，我是文展看得起的人。他觉得小镇其他的玩伴没有水准和他对话，但我应该是够得着他设立的门槛的吧。

我在众多玩伴退去后，依然顽固地去敲门，倒不是愿意再听他讲述所谓城市生活的种种。我只是感觉，文展不自然了，他有哪部分一直不舒服着。他应该是生病了。

和完全拒绝其他人见面不一样，文展起码开门让我进了。他依然愿意努力占据讲话的主题，但我感觉得到，他讲话的时候气总不自觉地在喘。一个精瘦的十几岁少年，讲话却总是喘气，他心里压着巨大的什么东西。

我为和他对话制定的策划，还是一个求教的方式，我知道，那会让他觉得安全，也会安抚到他，我和他唠叨着，关于自己明年中考，打算冲刺学校的困惑。我说到，胆小而纯朴的父母希望我考所师范中专，毕业出来教小学，"舒舒服服简简单单把日子过完"。但我想考高中，我想到外面感受下大学、感受下这个国家其他省份的生活。

文展果然急急建议我，一定不要考师范中专，"这是多么让人厌倦的小地方。"他说。他觉得我考大学是个很好的想法，只是要做好心理准备："到了大城市，你会发现，咱们这种小镇捏出来的人多粗陋。"

"然后，你会恨生养你的地方，它拖累了你。"文展说得很认真。

那天我终于没勇气问他，如何和大城市同学的讥讽相处。事实上，那天之后，我突然很不愿意再和他聊天了。和他说话，就如同和一个人在水里纠缠，你拉着他，想和他一起透口气，他却拉着你要一起往下坠。

那个寒假，小镇依然举办了教育基金颁奖大会，依然有老先生用古朴的乡音吟诵一个个未来之星的名字。按照教育基金的惯例，当年考上重点中专和重点高中的学生，是会被着重奖励的。早早地，老先生就把文展的名字大大地书写张贴在祠堂的门口。然而，文展终究没来领奖。

虽然有许多担心和好奇，但我终究没再去敲他家的门。我心里隐隐觉得，他的脑子或者心里有种异样的东西，说不上那是不是病，但我害怕自己会被传染上。

我害怕哪一天我会憎恨生养我的小镇，会厌恶促成、构成我本身的亲友。

　　那年他什么时候离开老家的，我不知道。接下来的暑假，他有没有回老家我也不知道。即使我们就隔着一座房子，但我感觉，我们像隔了两个世界一般。

　　直到收到高中录取通知书时，我才觉得，自己或许有必要和他说一声。前往他家尝试找他，他果然没回来。

　　"文展告诉我从现在开始，他要想办法努力，留在那个城市，他说，他希望自己不用再回来了。"他的母亲这样告诉我。

　　有时候人会做些看上去奇怪的反应，比如，越厌恶、越排斥的人和地方，我们却越容易纠葛于此，越容易耗尽自己所有就为了抵达。文展的那种执念，我尝试剖析、理解过，想象他怀抱着这种心态度过的每个日子，会有怎么样的生活。

　　高中三年，文展于我来说，已经是个失踪的人。只是在考虑填报哪个志愿的时候，我一度非常希望能见到他。我也搞不清楚自己是如何的心情。我想，或许他代表了我们这种小镇出生的人，某种纯粹的东西。那种东西，当然我身上也有。我在想，或许他是某部分的我。

他自那之后，果然再没回过小镇。只是在过新年的时候，给他父母打来电话，重申他的努力和追求。他父母依然笃定文展会再次凯旋，而他哥哥依旧不屑。因为在小镇"闲着"没事，他哥哥早早地结了婚，没满二十岁，就抱着自己的孩子，像文展痛恨的那种"无能的父辈"一样，过着安逸的小镇生活。

在我考上大学，也进入"城市"生活之后，我经常遇到和文展很像的人，他们一个个和我说着对未来的规划，和在故乡在中小学阶段的成功带给他们的无比信心。这样的人，还因为出身，总可以嗅到他们身上的泥土味。这使得他们的理想粗暴却淳朴，让人感觉不到野心勃勃或者城市孩子般的精明，我乐于和这样的人交朋友，就如同喜欢某种精致的土特产一般。但显然我不是这样的人，要感谢文展的是，我基本不太想太长远的事情，很多事情想大了会压得自己难受。我只想着做好一点点的事情，然后期待，这么一点点事，或许哪天能累积成一个不错的景观。起码是自己喜欢的景观。

在他们极度亢奋的时候，总是不自觉把声音抬高，那声音，总有几个音节让我回想起文展那因为兔唇而显得奇特的腔调，再定睛一看，我总能找到他们脸上和文展类似的部分。我会突然想，在这么密密麻麻的人群中，那个兔唇、倔强的文展，究竟处在哪种生活中。

大学毕业后，我如愿找到了一份记者的工作。我做记者，是因为，我觉得这世界上最美妙的风景，是一个个奇特的人。越大的杂志社有越高的平台，能见到越丰富的人，我被这种爱好引诱着引诱着，一不小心，来到了北京。

人总是在自己不注意的时候，回归到了原型。把行李和住所安顿好之后，我第一个事情，就是买了一张票，登上了景山公园的最高处。边往上走，我边想象，如果是文展，他此时是否会觉得豪气万丈，未来就这么铺展在眼前。我想到的，倒一直是对生活的不确定，我享受一个城市提供的更好的平台，但我不知道自己终究会比较享受怎么样的生活。

爬到景山公园最高处，我突然想给文展打电话。他的母亲每次过年，总是要来找我聊聊天，然后一次次抄写给我文展的号码。她说："你有空和他聊聊吧。"我知道，文展的母亲心里还是隐隐地不安。但她不敢把这不安说出口，似乎一说出口，一切就清晰可见，一切担心就落地为实了。

电话接通了。"哪个兄弟啊？有什么好事找啊？"他的声音竟然听不出兔唇的感觉。他再次吞下了自己的残疾，但是，不是以童年时期的那个方式。

我张了张口，最终没说一句话就把电话挂了。我感觉到，那样的言说方式背后，有着某些油滑、市侩。我没想过，要如何与这样的文展对话。

或许是文展听他母亲念叨过我关心询问他近况的事情，或许是他猜测出那通电话是我拨打的。过了一周左右，我在自己博客上公布的邮箱里，突然接到文展的一封信。

信里他热情洋溢地夸奖我的"成就"："竟然是小时候所有玩伴中唯一一个能进到北京，并且在一个大单位混下来的人。"他还提到，看到我的一些文章，然后很仔细地点评他认为的优缺点，最终说：我最近在筹划一个大计划，计划成了，将打败所有人对我的质疑，让老家人以我为傲。

斟酌了好一会儿，我还是回信说：没有人对你有质疑，大家许久没见到你，很期待能和你聚聚。不如今年春节就回老家，小时候的玩伴真该一起聚聚了。

出远门工作，反而让我明白自己确实是个恋家的人。自工作有经济能力之后，我每年总要借着过年或者什么重大节日的名义往家里跑。老家的路已经翻修过几次了，乡里街坊每户人家，也因为不同际遇，不再如同以前清一色的石板小屋，开始长出不同样子的房子来。我家的房子也已经翻修成四层的小楼房。四楼就是我的书房，只要走到阳台，就能看到文展的家和文展的房间。他们家至今没有翻修。每年春节回家，我坐在书桌前，总要抬眼看看文展的房间，每次都是窗户紧闭。

文展没有回信，春节也没回来。而且我知道，短时间内，他不会再让自己被我联系上了。那年春节，我倒心血来潮提起了勇气，开始走访一个个小时候玩伴的家。

有的人已经结婚了，抱着孩子，和我讲述他在夜市上摆着的那摊牛肉店的营收。有的当上了渔夫，和我讲话的时候，会不自觉地把自己的身子一直往后退，然后问："会不会熏到你啊？"有的开起服装厂当上了老板，吃饭的时候一直逼我喝陈酿多少多少年的茅台，然后醉气醺醺地拉着我，中气十足地说："咱们是兄弟对不对，是兄弟你就别嫌我土，我也不嫌你穷，我们喝酒……"

我才明白，那封信里，我向文展说的"小时候的玩伴真该一起聚聚了"，真是个天真的提议。每个人都已经过上不同的生活，不同的生活让许多人在这个时空里没法相处在共同的状态中，除非等彼此都老了，年迈再次抹去其他，构成我们每个人最重要的标志，或许那时候的聚会才能成真。

从老家回到北京没多久，母亲打来电话，告诉我，文展的父亲突然中风病逝。"文展回来送葬，你都不能想象他变成什么样了，很瘦，很黑，头发枯枯的，不太愿意和人说话。"

又过了一个月，母亲和我闲聊说起，文展回小镇工作了，"是他母亲劝他留下的，据说找了关系，在镇里的广播站当电工，也帮忙编辑些文字。"

听说这个消息，我几次想找个事由回老家一趟，我知道，如果只是因为想见见一个儿时玩伴就突然休假回家，对母亲、对公司的领导，都是个让他们错愕的理由。

越想寻到理由，越不能如愿。耽误着耽误着，又一年了，终于要过年了。

在启程回老家前的一个月，我竟然不断想象，和文展相见会是如何的场景。我不断在思考，自己是该客气地和他握手，还是如同以往，像个哥们儿拉住他拥抱一下。

但我们已经十几年没见了。十几年，一个人身上的全部细胞都代谢完多少轮。我因而又惴惴不安起来。

我早早地回到了小镇，然而，因为内心的这种不安，我始终没有去敲他家的门。我想着的是，我们两家住得那么近，总能无意间撞上吧。或许这样的见面方式更好。

果然第三天，我拐进小巷的时候就远远地看到文展。他正从巷尾走过来，应该是要回家。我兴奋地招手，他似乎有抬头瞄到了，但又像没看见继续走。我喊了声："文展。"他却似乎完全没听见，竟然在一个小路口直接一拐，拐出了小巷。

当晚，我向母亲打听来他下班的时候，特意在那个时间点"出门走走"。文展果然在那个时候出现，我依然很兴奋地朝他挥手，他又似乎刻意避开一样，往相反的方向走了。

我确定，文展在躲我。但我不确定，他是出于什么样的理由。

眼看春节要过了，我最终决定，去他家拜访。

其实我家出门右拐，再走一二十米，就到他家了。门还是那个门，敲起来还是这样的木头声。"文展在吗？"

"谁啊？"依然是他母亲这样询问的口气。

"是我，我来找文展。"

门打开了。文展的母亲笑容满面地迎我进去："他在自己的房间，你还记得吧。"

我当然记得。

这房子，我也十几年没进来了。它果然是记忆中的那个样子，但又不仅仅是那个样子，就如同一张没对焦好的照片，一旦清晰起来，大概的模样还是如此，只是每部分的景致，完全颠覆了此前的感觉。它比我记忆中小，土墙斑斑驳驳、老气沉沉，还飘散着一股发霉的味道。

到了文展的门口，他果然还是如同以前，把房门关上了。我敲了敲房门，门开了。是文展。

他是如同母亲说的，瘦了，黑了，头发枯枯的。但他最重要的改变不是这些，而是他给人的感觉。他背微驼，眼睛半乜着，疲惫但警惕，眼神的冷漠不是有攻击性的那种，而仿佛是对他自己的冷漠。

"好久不见了，文展。"我试图用小时候一周不见那种打招呼的口吻。

他显然没有预料到我会来，也愣了一下。

我在那一刻也愣住了，不知道是不是应该和他拥抱。他的外表，他的眼神，他的气质，似乎都不是十几年前我熟悉的那个文展，生活已经把他雕刻出另外的模样，但即使这样的面目全非，还是可以从他的眉角、他脸上细微的一个表情，找寻到，那个文展。那个文展或许破碎了，但他是在那身体里的。

文展最终帮我做了决定，不握手也不像老朋友那般拥抱，而是平淡地指了指椅子，"坐吧。"

他的房间还是没打开窗户，即使白天，也把电灯亮着。钨丝灯有些发黄，让我目光所见，似乎都有种老照片的错觉。

我努力想找寻到过去的影子，因为，那是我来找他，并且此刻能和他对话的原因："这房间没变啊，那个皮箱还在吗？我还记得，里面放着你整理的历史大纲。"

"皮箱装上一些父亲的衣服，和他的尸体一起烧了。"

"不好意思。"

我沉默了一会儿。

"那些历史大纲呢，当时你做的这个事情让我非常崇拜。"

"哦，那些无聊的东西，我带去福州不多久就扔了。"

"真可惜啊。"我不知道自己还能说什么。

我们又沉默了许久。他似乎意识到我努力背后的善意，试图挑起话题："我在广播站，还播过你的文章。"

"是你特意关注的吗？哈，我又不是什么大作者。"我马上抓住机会，试图通过自嘲，让这个对话进入放松的阶段。

然后我开始讲述，自己在外地生活的种种。

我没有预料到，他竟然沉默了。而且这一沉默，不像我想象的，只是一个小小的、可以逾越、可以熬过的间歇。他冷漠地坐在那，任由沉默如同洪水汩汩淌来，一层层铺来，慢慢要把人给吞没了。

我终于忍不住，站起身说："那打扰了，我先回家了。"

此刻他却突然说话了："对不起，其实我也说不清楚，自己为什么厌恶你。"

我愣住了。

"你说，凭什么是你？为什么不是我？"

我知道他在说的是什么，我知道他提问的，是我们都没办法回答的问题。

第二天，我改了机票提前回北京。在路上，我反复在想，自己此前对文展耿耿于怀的原因，是因为我有种无意识的愧疚感，仿佛我莫名其妙地过了他应该过的生活？又或许，是因为，我知道，从本质意义上，我们都是，既失去家乡又永远没办法抵达远方的人。

自此之后，我再也没去过文展家里。每次过年回家，远远地看到他，也总是赶紧躲避。母亲不知道其中发生的缘由，总源源不断带来他家的信息：文展和他哥哥的矛盾爆发了。他哥哥凭着老婆带来的嫁妆，开了家海鲜店，日子过得不错，或许是为了争回以前那口气，每每总是对文展冷嘲热讽。文展的工资不高，只有一千多，他在工作中本来就看不上同事的粗俗，在单位的日子也越发难受。文展的母亲，到处奔走着试图帮他找到一个好妻子，但因为兔唇和事业一般的缘故，一直没找到。坚持了两年多，文展再次走了。这次不是去往任何一个城市，而是向广电系统申请，跑到一个只有几千人口的小村庄，挑起附近地区发射台的维修看护工作。

我知道，他和我这辈子都注定无处安身。

厚朴

见第一面时，他就很郑重地向我介绍他的名字以及名字含义："我姓张，叫厚朴，来自英文 HOPE。"

为了发好那个英文单词的音，他的嘴巴还认真地圆了起来。

一个人顶着这样的名字，和名字这样的含义，究竟会活得多奇葩？特别是他还似乎以此为荣。

他激动着兀自说了下去——

他的父亲是个了不起的人，原本只有小学毕业，后来自考了英语，作为全村唯一懂英文的人，在村子里的学校当英语老师兼校长。他父亲不仅通读世界文明史，还坚持每天听美国之音，他认为父亲是那个村子里唯一有世界观的人。别人家的院子，一进门就是用五彩瓷砖贴成的福禄寿喜，他家一进门，是父亲自己绘画、乡里陶瓷小队帮忙烧制的世界地图。

"这世界地图有一整面门墙大，"厚朴尽力地张开手比画着，好像要抱着整个世界一样，脸上充满着说不出的动人的光。

他像面对广场演讲的领袖，骄傲地宣布自己的名字和名字的含义。

他的行李是用两个编织袋装的，进门的时候左手一个右手一个，像少林寺里练功的武僧。身上穿的一看就是新衣服，头发也特意打理过，只是天太热，衣服浸满汗水，沾在身上，头发也横七竖八地躺在头上，像被吹蔫的野草，全然没有他自己想象的那种潇洒。倒是有几根顽固地站立着，很像他脸上的表情。

他很用力地打招呼，很用力地介绍自己。看到活得这么用力的人，我总会不舒服，仿佛对方在时时提醒我要思考如何生活。然而，我却喜欢他脸上的笑。一张娃娃脸，脸上似乎还有帮忙种田留下的土色，两个小虎牙，两个酒窝，笑容从心里透出来。

我想起了家乡小镇，改革开放后莫名其妙地富了。而我所在的中学是小镇最好的中学，有钱人总拼命把孩子送进这里。

每个小孩到班级的首次亮相，都映射出他们父母想象中这世界上最幸福的小孩该有的样子：戏服式的夸张制服，有的还会别上小领结，头发抹上光亮的发蜡。父母在送他们上学的时候，也许带着骄傲感。然后，在饱含紧张和骄傲的期待中，小孩走进教室，惹来一阵哄堂大笑。每当此时，我总能听到来自孩子以及父母内心，那破碎的声音。

不清楚真实的标准时，越用力就越让人觉得可笑。

厚朴大约也是这样的小孩，他们往往是脆弱的，因为干净到甚至不知道应该要去判断和思考自己是否适合时宜。

我什么时候成为务实而细腻的人的？我自己也不知道。

表面上我大大咧咧、粗心大意。事实上，我讲每句话的时候，总担心会冒犯他人。我总在拼命感知，人们希望听到什么？如何表达到位？说不出的恐惧，恐惧自己成为别人不喜欢的人。为什么这么需要让别人喜欢？或许是求生的本能。

时间久了，就会觉得脸上仿佛长出一个面具。每天晚上回到家，深深卸口气，仿佛职业表演者的卸妆仪式。中学过集体生活时，我把这个动作掩饰成用水擦脸时舒服的哼哼声。我自嘲这怪癖是我让人喜欢的一个原因。唯独有一次，一个同学神经兮兮地凑到我耳边，说，我看出来了，你不是因为擦脸舒服，而是因为觉得扮演自己太累。他呵呵、呵呵地笑着，诡异地离开。而我当即有被一眼看穿的感觉。

中学时，总会碰到可以用"神奇"来形容的同学。看穿我的那位同学就是其中一个。他干过的大事包括：临高考前的一个下午，邀请年级考试前十名的同学，到团委活动中心集合。等到大家都满脸茫然地坐好的时候，他突然一蹦，跳上讲台，大喊："诸位护法，我召集尔等是为了正式告诉你们，我是你们等待的神，尔等是我的亲密子民，必须发誓永世为我护法。"同学们一愣，有的翻了白眼，有的直接拿书往他头上一扔，还有的笑到捧着肚子在地上打滚。他却还在认真扮演着自己的角色，半晌不动，像个雕塑。

一直在内心期待，他终有一天会变成邪教头目吧。让我失望的是，这家伙后来竟然是高中同学里第一个结婚的，也是第一个发胖的。他在一所中学当生物老师，最喜欢教的课是青蛙解剖课。毕业十周年的高中同学会时，他抽烟、喝酒，说黄色笑话，一副活在当下、活在人间的尘俗感。

我实在好奇，他"神奇"的那部分跑哪儿去了。借着酒劲，我凑到他耳边，用故作神秘的口吻提起当年那件事："其实你是唯一看穿我的人。怎么现在变成了这个样子？"

他哈哈大笑："当时都是开玩笑。"

看我怅然若失，他严肃地说："其实我自己都搞不清楚，哪个才是我应该坚持的活法，哪个才是真实。"说完抬头直直地看着我，看得我内心发毛。他又突然重重用手拍了我的肩膀，说："怎么？被吓到了啊？骗你的！"

我不知道他哪句是真话，生存现实和自我期待的差距太大，容易让人会开发出不同的想象来安放自己。我相信，他脑子里藏着另外一个世界，很多人脑子里都偷偷藏着很多个世界。

我自己也一直警惕地处理着想象和现实之间的关系：任何不合时宜的想象都是不需要的，因为现实的世界只有一个。

那天下午，我在厚朴的脑袋里看到了他的想象：他以为他现在到达的，是整个世界的入口；他以为再走进去，就是无限宽广的可能；他以为正在和他对话的，已经是整个世界。

我忍不住提醒："厚朴，你最好不要和同学们说你名字的来历。"

"为什么？"他转头问我，脸上认认真真地写着困惑。

"因为——"

我实在说不出来：因为世界不是这样的。

他果然、终于还是说了。

班级的第一次聚会，他喝了点酒。这大概是他的人生第一次喝酒。

不知道自由是什么的人，才会动辄把自由挂在嘴边。

他的脸红红的，口齿有点不清，最后描绘到世界地图的时候，他加重了口气，甚至因为酒劲的缘故，还夸张地跳了起来——"有这么大一面世界地图。"

一片哄堂大笑。

或许是喝了酒，又或许厚朴的字典里根本没有嘲笑这样的词，同学们的大笑反而让他像受了鼓励一般越发激动了。他开口唱了一首英文歌，好像是 BIG BIG WORLD。唱完后他郑重地宣布自己要尽可能地活得精彩，还矫情地用了排比句："我要谈一次恋爱，最好马上破处；我要组建个乐队，最好再录张专辑；我要发表些诗歌，最好出本诗集；我要我的世界分分秒秒都精彩，最好现在就开始精彩。"

他在说这些话的时候，大概以为自己是马丁·路德·金。"多么贫瘠的想象力，连想象的样本都是中学课本里的。"我在心里这样嘲笑着。

厚朴的言行果然被当作谈资到处传播，但出乎我意料的是，他一点都没在意。他是不是没有意识到这样的谈论是嘲笑，甚至可能以为这是某种认可。

去食堂的路上，有人对他意味深长、不怀好意地呵呵笑，他直接冲过去，双手搭在人家肩上，"兄弟对我有好感啊，那认识下？"反而搞得那人手足无措，仓皇而逃。调皮一点的，看见他走过，就模仿着漫画里的角色，双手高扬大喊："热血！"他也开心地跟着认真地欢呼起来："为青春！"

我在一旁看着，总觉得尴尬。

出于担心，又或者出于好奇——这样的人会迎头撞上怎样的生活——我有段时间总和他一起。

我终究是务实和紧张的，我开始计算一天睡眠需要多少时间，打工需要多少时间，还有赚学分和实习……这样一排，发觉时间不够用了。大学毕业之后的那次冒险将决定我的一生。高中时父亲的病倒，让我必须保证自己积累到足够的资本，以便迅速找到一份工作，这份工作还得符合我的人生期待。这很难，就像火箭发射后，在高空必须完成的一次次定点推送一样。

厚朴不一样，他实在没有什么需要担心的东西，或者是不知道可以担心什么，没有什么需要认真安排。

厚朴参加了吉他社——理所当然，毕竟他想组建乐队，然后他又报名了街舞社、跆拳道社——他甚至说自己想象中穿着跆拳道服和人做爱的情景。他是用嚷嚷的方式说的，生怕别人不知道。那段时间里，他脑子里充满着太多诡异的想象，跆拳道在他心目中或许意味着青春的叛逆和城市化吧。最后他还报名了诗歌社。

他热情地拉我去各个社观摩他的"精彩尝试"。陪他走了一圈后，我觉得，吉他社应该更名为"想象自己在弹吉他的社团"，同理，街舞社、跆拳道社、诗歌社，分别是想象自己在跳街舞、打跆拳道和写诗歌的社团。

在迅速城市化的这个国家里，似乎每个人都在急着进入对时尚生活的想象，投入地模仿着他们想象中的样子。这些社团或许更准确的描述还可以是——通过假装弹吉他、跳街舞、写诗歌来集体自我催眠，以为自己变得现代、时尚的邪教组织。

被这种想象俘虏多可笑。真实的世界，世界的真实不是这样的。

大一，我给自己设定的目标是两个学期都拿奖学金——生活费都从那儿来。打一份工，争取第一年攒下三千块——为毕业找工作备粮草，然后进报社实习。实习是没有收入的，但可以看到更多的真实世界：真实的利益关系和真实的人性。要训练自己和真实的世界相处。

就这样，我和厚朴朝两个方向狂奔，以自己的方式。

过五关斩六将之后，我终于获得了到报社实习的机会，面试是厚朴陪我去的。回来的路上，他没有祝贺，而是摇头晃脑地说："父亲和我讲过一个故事，是他从美国之音里听到的。一个常青藤毕业生到某世界五百强企业面试，那企业的董事长问他，你大一干吗了？那学生回答，用功读书。大二呢？认真实习。大三呢？模拟现实试图创业。你挥霍过青春吗？没有。你发泄过荷尔蒙吗？没有。然后那董事长就叫那学生出去，说你还没真的生活过，所以你也不会好好工作，等补完人生的课再回来吧。"

我知道他想借此告诉我什么，但这故事一听就真实性可疑，厚朴竟然全盘接受。

他不知道什么是真实的世界。

200

我没有直接反驳他，也许，我也在隐隐约约期待着，有人真可以用务虚的方式，活出我想象之外更好的人生。

厚朴见我没反驳，接着宣布："我要组建乐队。"一副青春无敌的样子，又似乎是对我的示威。

开学后没多久，一家台湾连锁的咖啡厅在我们全校招收服务员，要求有三个：长相端庄、谈吐有气质、身材标准。一个月工资一千，可以根据具体课时调整安排工作时间。他兴冲冲地去面试并拉我作陪。乌泱泱的一群学生，都极力想象着高端的感觉，抬头、收小腹、翘屁股，用气音说话，放慢语速。面试的现场我还以为是表演课的课堂。

第一关，端庄，他勉强过了；第二关，谈吐，据说他又热血了一回；第三关，身材——里面传来吭吭哐哐摔东西的声音，然后厚朴走了出来："去他妈的一米七。"咖啡厅老板对他用尺子一量，一米七不到，便很认真地打了个×。他拉着我就跑，边跑边笑："端庄个毛啊。"

咖啡厅的工作没找到，但厚朴开始忙到不见踪影。经常我睁眼的时候他已经不在宿舍，我睡觉的时候，他还没回来。宿舍里的乐器越来越多，他皮肤越来越黑，人也越来越精瘦。我几次问他干吗去了，他笑而不答。直到我跟着报社的记者到学校后山的采石场采访，才看到不到一米七的他，正抡着一个巨大的铁锤在敲打着巨大的石块。

我吃惊地走上前拉住他："你可真能啊。"他当时全身汗涔涔的，一条毛巾搭在头上防日晒，活脱脱一个农民："去他妈的世界，难得住我吗？文明人才怕东怕西，必要的时候我可以不文明，我比你底线低。"

他依然笑得很好看。

不合时宜的东西，如果自己虚弱，终究会成为人们嘲笑的对象，但有力量了，或坚持久了，或许反而能成为众人追捧的魅力和个性——让我修正自己想法，产生这个判断的，是厚朴。

厚朴的乐器在大一下学期购买完毕。大二上学期刚开始，他自己写了个组乐团的启事，挤到一堆正在招新的社团里面，大声吆喝。

海报特别简单，就写了个标题：组建改变世界、改变自我的乐队。

然后下面是两句他自己写的诗歌：

　　　　你问我，要去到的地方有多遥远
　　　　我回答你，比你看得到的最远处还遥远

你问我，想抵达的生活有多宽广

我回答你，比你能想象到的一切还宽广

事实上，那时候的他之所以能配齐全所有乐器，还是参考着网上的资料进行的。自以为能用吉他弹完几首曲子，对于乐队，他其实什么都不懂。

厚朴找到的第一个团员叫小五，白白嫩嫩、瘦瘦小小，戴着个眼镜，父母都是公务员，此前没有任何音乐基础。招新的前一天，厚朴在操场边布置第二天的招新展位，看到一个又白又净的小男生默默地换完衣服，认真叠好，像豆腐整整齐齐地放在场外，蹦了几下当作热身，就跑进球场里。然后传来了歇斯底里的吼叫声，转头一看，小五青筋暴涨，满脸狰狞，和刚才活生生两个人。厚朴就冲过去邀约了。

第二个团员绰号瘦胖，父亲是国家武术教练，每次从班级到宿舍，总要评点不同女生的不同特质——"她脸是好的，可惜鼻子短了点，导致人中过长，嘴巴即使小巧精致，也已经无法构建整体的美感了，可惜。""她是个狡猾的女生，其实身长腿短，所以你看她穿裙子，故意把腰带围得那么高，这种女人不能泡。"……

第三个团员叫圆仔，父母是开小卖部的，他后来写了许多有零食名字的歌，称之为物质主义流派："脆脆的虾条你汪汪的眼，薄薄的薯片你软软的话，苍苍的天空，这满地的花生壳，流动的河水，这浓浓的啤酒香……"

　　团员还有阿歪、路小、扁鼻等等。

　　厚朴本来想自己当主唱的，但是第一次聚在 KTV 试音，他一张口，就马上被轰下台了。瘦胖的原话是：不彻底的文明，不彻底的土，彻底的乱唱彻底的难听。结果，扁鼻当了主唱：他起码能用鼻腔共鸣。

　　最终的排练场地只能设在我们宿舍。据说每天下午四点准时开敲，哐切哐切一直到九点，全程五个小时，雷打不动。但有效排练时间一般只有三个小时，中间总是要应付前后左右宿舍传来的抗议，必要时，还得和某个宿舍的人干场架。

　　使用"据说"这个前缀，是因为那段时间我也经常不在。大二开始，报社的实习转成了兼职。我每个下午都去市区跑新闻：退休干部养成了稀世兰花、老人的孙女爱上自己的老友、领导干部的重要讲话、某场斗殴导致几死几伤……

　　这个工作经常接触到车祸和事故。带我一起跑新闻的是个女记者，遇到这样的事件，尖叫声的音量总是和靠近尸体的距离成正比。我却有着自己都想象不到的冷静，若无其事地详细打量，记录细节，必要时，我还会用笔去挑开尸体的某一部分。之所以不恐惧，在于我把他们都当成"事件里的某个细节"，而不是"某个人"。然而，每次从事故现场采访回来，走进学校，看到这里乌泱泱的人群，努力散发荷尔蒙、享受和挖掘身体的各种感官时，总会有种强烈的恍惚感。甚至会矫情地想，这么努力追求所谓青春的人，意义在哪？

这种心境下，厚朴越来越成为我心中的奇观。

我担心着、羡慕着、怀疑着又期待着他：他到底会活出什么样子，他到底能活出什么样子？

看着他，犹如在看老天爷正在雕塑的一个作品。但一想到他是我的朋友，却又莫名为他心慌。

乐队的第一场演出在三个月之后，我想他们应该进行了异常刻苦的训练吧。那场演出我被安排出席，坐在第一排最中间的位置，还被派了活——上台献花。事实上，我非常不乐意这么做，容易让人产生奇怪的联想。但厚朴坚持：你是看着我爆发生命力的人。

演出地点在学校第二食堂，舞台就是把大家排队打饭刷卡的地方清空了，接上厚朴找学生会文娱部借的音响。吃饭的桌椅是天然的座位。为了烘托气氛，从食堂的大门到走廊到打菜的窗口都贴满诗歌式的标语："你是否听到自己的灵魂在歌唱"，"我不会允许自己的青春夭折，所以我要让我的无知放肆地宣泄"，"孤单是所有人内心的真相"……我想，传销公司的装修标准也不过如此吧。

也是直到那天，我才知道，乐队的名字叫——"世界"。读到海报上这个名字时，想起了厚朴张大双臂描绘他家那面用五彩瓷砖贴就的世界地图的样子。

或许实在有太多话想说了，当不了主唱没法亲自用歌曲表达，厚朴自己扮演了主持人的角色。

各种乐器准备好，食堂的五彩灯点亮。厚朴带着成员一起上台。他拿起麦克风，似乎用尽全身力气，大喊："大家好，我们是世界，请从现在开始，听我们歌唱……"

事实上，整场演唱会我没记住一首歌。或许是为了赶时间，"世界"乐队的所有歌都是用既有流行歌曲的曲子，厚朴自己填词。厚朴的词笨重又血脉偾张，流行音乐的曲子当时还多是轻巧简单的节奏循环，两者实在不搭。但我确实记住了厚朴开场前吼的那一嗓子：我们是世界，现在听我们歌唱吧。

虽然不愿意承认，但在那一刹那，我竟然被触动到了，竟然很认真地想：自己是否也可以活得无所顾忌、畅快淋漓。

显然，记住那一嗓子的不仅是我。"世界"乐队没红——那些歌大家都没怎么入心，但厚朴在学校红了。

演出的第二天晚上，就有人在宿舍门口探头；到后来，去教室的路上都开始有人和厚朴打招呼；最后，中文系主任给整个系开大会，在传达如何应对 SARS 的通知时，也开玩笑地说："听说我们中文系有个世界，还开口唱歌了……"

每次被人肯定的时刻，厚朴不会扭扭捏捏地不好意思，也没有故作姿态地矜持，而总是马上笑开两颗小虎牙，大声回应："对，是我，我是厚朴，我是世界。"

我总结是：厚朴确实在用生命追求一种想象，可能是追索得太用力了，那种来自他生命的最简单的情感确实很容易感染人，然后有人也跟着相信了，所以厚朴成了他想象的那个世界的代言人。

我喜欢这样的厚朴，我也愿意相信这样的厚朴，但我总觉得他是在为所有人的幻象燃烧生命。假如这个幻象破灭，别人只是会失望，但厚朴自己的内心会发生什么呢？

厚朴谈恋爱了。这是意料中的事。

他走红后，我们的宿舍简直成了个性人士在这所大学的必游景点，这么多人来来回回，都带着打开的内心，总会有和厚朴对接上，并最终睡到一起的人。

那时，我采写的一篇报道意外获得省里的新闻奖，报社给我派的活越来越多。我在外面采访加址的时间越来越长，每次回到宿舍都晚上十点后了。但宿舍里，总还是异常热闹，聚集而来的人又总是性格各异。有那种神叨叨的人，拽着厚朴坚持讨论"人活着的意义"；有整个手臂文满刺青，身体到处打洞的人，狂躁着要拉厚朴干件牛皮烘烘的事；有那种书呆子气重到让所有人避而远之的人，怯生生地问，能否和厚朴一起发起一个什么实验；还有拉着厚朴要做音乐生意的……每个人都有各自天马行空的愿望和想象，在现实中因或多或少的原因和困难"正在筹备"或者"暂缓执行"，但似乎找到了一个共同的出口：厚朴你来带头做吧！

每晚，我走进宿舍，总会看到他们围着厚朴，像真的围着他们生命的希望一样，极力鼓动着，要厚朴马上投入某个由他们策划的伟大计划。大学统一十点关灯，这群人在关灯后非但不散，反而更能释放自我，仿佛黑暗容易让人忘记理性。总在我迷迷糊糊快进入梦乡的时候，突然有人大喊一声："我们一定得活出自己想要的样子！""只有一次青春啊！"

然后肯定会听到厚朴更激烈的回应："对的，就是要这样！"

因为在报社兼职有了积蓄，也因为兼职的活太累、太需要好的休息，我终于受不了这样的"夜夜群体激情"，在大二期末考前搬出宿舍，租了一个房间。

搬家那天，厚朴突然有种被抛弃感，甚至有种警惕：你不认同我了？或者吵到你了？

厚朴担心的显然是前者。

我解释了一遍自己工作的强度以及需要休息的迫切度。厚朴似乎依然还想得到我的认同，但他自己也没想到办法，只是反复问："所以你一定会支持我吧！"

"当然！"我回答。

"但是你真的不是因为不认同我？"

我实在不想来回绕，也突然想到，这何尝不能成为我换取稿费的一个选题："校园乐队青年和他的热血青春"。采访他不恰恰可以是我对他认同的证明吗？所以我说："对了，不如我采访一下你吧，你的故事我想让更多人知道。"

他愣住了，然后马上开心地笑出了那两颗著名的小虎牙："真的啊？我太高兴了。"

于是我顺利地搬离了宿舍。在我搬离后，厚朴认真地用油墨笔写上"神游阁"，严肃地贴在宿舍大门上。

在我搬离宿舍的第三天晚上，凌晨两点，厚朴打通了我的电话。

"你在干吗？"他问。

我知道是他有话想说："什么话说吧。"

"我刚那个了……"

我知道他说的是什么。我实在不想把这对话继续："晚安吧。"

他着急地嚷着："别挂电话啊——"在电话挂断前，我听到他在那兴奋地狂嚷着："这样的青春才有意思啊，才有意思啊——"

即使我没怎么去学校，还是听说了厚朴足够夸张的事迹：一周换三个女朋友；在学校外的饭店里和人打架；在上当代文学课时，直接把老师从课堂里轰下来，跳上讲台演唱自己写的歌……甚至，还有一次在宿舍里当着一群人的面和一个男同学接吻，用那种一贯的宣誓口吻说：我想尝试世界的各种可能。

学校辅导员终于忍不住了，打电话到厚朴山区里的那个家。没想到的是，厚朴的父亲，那个著名的乡村英语老师，听到这一番描述，只是哈哈大笑。

我不禁开始揣测，或许厚朴是他父亲自认为未尽兴的青春，在新一个肉体上的延续。

最后辅导员找到了我，希望我从未来的角度劝说下厚朴："谁没青春过啊？但得有个度。你比较成熟，知道这样下去厚朴的档案里有这些，他以后会吃苦头的。现实的生活就是很现实的……"我知道辅导员的好意，他说的话我也认为在理。但我知道自己劝说不了厚朴，我们能成为好朋友，或许正因为我们是相反的人。

然而，厚朴再一次出乎所有人的意料。

闹哄哄的厚朴突然安定下来了。更想不到，让他安定下来的女孩会是王子怡。

王子怡在学校里也算是名人，有名的原因不在于她多漂亮或者她多出格，而在于她的父亲——据说是市委秘书长。这样的传说，没有人当面问过，但是学校的老师，在她面前也总是一副点头哈腰的样子。

对这个学校的人来说，王子怡始终是面目模糊的。除"秘书长的女儿"之外，她似乎害羞、傲慢，无论什么时候总是歪着头，似乎看不到任何人。许多人本来是那么笃定，王子怡应该是与厚朴生活在两个世界里的人。王子怡所属的世界，充满着的，应该是家里也同样握有权势的继承者，或者钻破脑袋想往上爬的凤凰男。王子怡似乎就应该属于同学们心目中又土旧但又让人嫉恨的圈子。

但王子怡却成了厚朴的女朋友。

得知这个消息，我确实也吃了一惊。但我一下子明白过来，这也是厚朴。有些人确实一门心思突破一切想抵达所谓的新世界，但转头一看，却发觉，他们只知道用老的规则来衡量自己；才发觉，其实他们彻头彻尾地活在旧体系里了。在这个意义上，其实所有人都误解了，厚朴不是能带着大家找到新世界的人，他其实还是活在旧世界的人。不过这一点，或许厚朴也不自知。

在我看来，厚朴和王子怡的恋情非常容易理解：厚朴以为通过拥有王子怡可以证明自己又突破了什么，而王子怡以为通过厚朴完成了对自我所拥有的一切的反叛。其实王子怡才是比厚朴更彻底的反叛者，或者说，来神游阁的其他人，其实都比厚朴更知道自由的世界是什么。

无论如何，这段恋情确实揭发了厚朴。自从王子怡搬到神游阁后，来的人就少了。那些人以为自己不愿意来的原因是因为这个"来自旧世界"的王子怡，以为王子怡身上老土的腐朽感污染了自由世界，但或许他们心里清楚，他们只不过是察觉到了厚朴身上的另一个部分。

当时的我也意识到一个名叫张静宜的女孩在向我示好。她来自和王子怡同样的"世界"：她的父亲是市文化局局长。她收集着我发表在报纸副刊版的诗歌和小说。

我搬到出租房的第三天，她就不请自来了。没说什么话，但是眼睛总是骨碌碌地转，到处认真地搜索。停留没一会儿，就走了，下午再来的时候，带来了一床棉被、一副蚊帐、一个枕头、一个熏香炉和一支笔。我愣在那，来不及拒绝，她就已经把这些东西布置好了，好像它们天然就应该在那。

然后她坐下来聊天，说，她父亲一直让她寻找有才华的男孩子。她说，父亲交代，不要看一个人的出身，要看一个人的可能性："这是一个家族能不断发展壮大的关键，也是一个女人最重要的能力。"

我一下子明白她是什么样的女孩，虽然我一直看似功利地在努力测算和安排自己的未来，但骨子里头是那么厌恶这样的计算。从得失的角度，我应该把握这个女孩。而且她确实是个好女孩，没有娇养的气息，没有功利感，她在试图成为一个传统的、考虑到整个家庭甚至家族的女人。但我听了她的这些话后，竟然觉得异常的不舒服，我慌乱地、笨拙地催她离开。

等静宜离开后，我突然想打电话约厚朴出来喝酒。我们刚好成了有趣的对比，而我们各自都是对自己有误解的人：他以为自己做着摧毁一切规矩的事情，但其实一直活在规矩里。我以为自己战战兢兢地以活在规矩里为生活方式，但其实却对规矩有着将其彻底摧毁的欲望。

但我最终没打这个电话，我没搞清楚，是否每个人都要像我这样看得那么清楚。我也没把握，看得清楚究竟是把生活过得开心，还是让自己活得闷闷不乐。

我没预想到，厚朴在学校里，形象崩塌的速度会这么快。大三一开学，厚朴似乎就变得无人问津。许多当时聚集在神游阁的人，偶尔还会私下讨论，怎么当时会崇拜这个其实没有任何实在东西的人。他们甚至会回溯："你看，当时他是因为组乐团开演唱会而让许多人欣赏的，但其实他乐队的歌我们并没有任何印象，最蹊跷的是，他明明不会唱歌，怎么当时就糊里糊涂地欣赏他了。"

王子怡似乎比厚朴更不甘接受这样的结果。她逼着厚朴和乐队更加疯狂地练习，还从父亲那儿要到了资助，为乐队添了一些更专业的乐器。然后，在大三期中考前，"世界"乐队又要开唱了。

这次的演唱会显然专业很多，地点是在学校大礼堂——王子怡出面找学校申请的，宣传就如同大明星的演唱会一样，多层次全方位——学校电视台、广播站不断播放着演唱会的消息，铜版纸印刷的海报张贴在所有看得到的宣传板上，并由学生会的干部在各个超市和食堂的门口摊派。

海报里厚朴站在中间，其他队员分列两侧，"世界"乐队的字放得大大的，演唱会的主题是："关于理想，关于青春"。海报上厚朴还是笑出两颗小虎牙，但可能是有化妆，脸上看不见那种透亮。

演唱会的那天，我因为在报社加班，最终缺席了。听同学说，状况奇差：能容纳千人的大礼堂，就坐了两三百人，其中还有被要求到场来支持的学生会干部。

第二天我回到学校，看到宣传栏上贴着的海报被人打了个大大的×，上面还留着一句话："官养的乐队有劲吗？"

王子怡没理解到的是，学校里的这种乐队，贩卖的从来不是音乐，是所谓"自由的感觉"。或许厚朴也没理解到。

我能做的事情就是履行此前搬家时对厚朴的承诺。演唱会后的第二天，我兼职的这份报纸刊登了厚朴和"世界"乐队半版的报道。但采访不是由我来做的，我求着报社的一位老记者操刀，因为我知道我会忍不住问一些让厚朴不舒服的问题。

报纸里，记者问：你为什么把这个乐队取名为世界？厚朴回答：因为世界比任何想象都要宽广和复杂，世界是没有限制和规矩的。

报纸出来，作为登上报纸的人厚朴的受欢迎程度似乎又有所上涨。而王子怡也像打了场大胜仗一样，炫耀般和厚朴在各种公开场合缠缠绵绵。

这当中我零零散散地听说，其实厚朴和王子怡并没有那么顺利。王子怡的父亲似乎把王子怡的一切过激行为视为厚朴的"带坏"，并到学校投诉。而这所保守的师范大学，一来不愿意提倡这种"激烈的恋爱行为"，二来或许不愿意得罪"领导"，对厚朴提出了一些处罚，比如停止助学金补助，不让厚朴入党等等。

与此同时，王子怡对厚朴也开始百般挑剔起来。我常听到王子怡用这样的一个句式对厚朴说话："你本来不应该是——"。比如，你本来不应该是完全不在乎学校领导的吗，在这难受什么？你本来不应该是很大气潇洒的吗，少了助学金会死啊？

当时的我也完全顾不上这些了。按照我的规划，大四开始我就要去实习了，大四虽然有整整一年，但据我所知，一般而言，在一个地方必须实习至少三四个月，才会有单位下决心留你，而一年就只有三次"四个月"，也就是说我只有三次机会。何况，为了支撑这一年的实习，我必须攒够经费。

为了让大四能有宽裕的时间，我甚至提前到大三下学期就开始撰写毕业论文。剩下的时间，偶尔和静宜止乎礼地吃吃饭，散散步。

大三下学期，德国某钢琴大师来这个小城市开演奏会，这一下子成了城中名流的盛事。我被静宜正式邀请了，她还问我什么时候有空逛街。我问她，逛街干什么？她红着脸说："想拉你去买衣服。我们家族主要的长辈都会出席的。"

我当然知道这意味着什么。

和静宜的关系到底要如何发展，我确实在很理性地考虑。让我经常愧疚的是，我不是把她单独作为一个原因来考虑，而是把她纳入我整个人生的计划来考量，思考到底我是不是要选择这样的人生。

最终我很顺从地和她去逛街了，让她帮我挑了她觉得适合的衣服。但买衣服的钱我坚持自己付。当时我认真地想，这是我必须坚守的底线。

我至今依然记得，看演出的那个晚上，静宜真的很美，或者说很美好。穿着白色的小礼服，黑色素雅的高跟鞋，头上俏皮地别着一朵小花，落落大方地在剧院门口迎接我。她得体地和我保持着又近又不过分亲昵的距离，把我一一介绍给她家族里的长辈：省建设厅副厅长、省艺术学校校长、北京某部委领导……这些长辈也确实非常好，对我轻声细语地关怀，恰如其分地鼓励。这显然是个已经养出气质的家族。

演出结束后，静宜陪我走出剧院，她抿着嘴微微笑着说："家里人都很喜欢你。我叔叔说，你大四就到省建设厅实习吧，其他他们会安排。"说完自己脸红了。

我还是料想不到自己也会这么不自在，仓促地回复：

"这个还不着急，再考虑吧。"匆匆地告别。

从剧院回学校，需要到十字路口的车站去搭公交。我一路心事重重、晃悠悠地走，突然看到前面一个人，穿着正式的礼服、皮鞋，边走边像个小男孩般粗鲁地抹着眼泪。是厚朴。

我快步走上前："厚朴怎么了？"

厚朴转身看到我，竟然小孩子一般哇一声哭了。原来厚朴也被拉来看演出见长辈，此前，王子怡还特意交代，父亲对他印象不好教他如何表现，但是当厚朴一身笔挺出现在剧院门口的时候，王子怡却突然傻傻地看了他很久，又看了看周围一样笔挺的人，大声地问："为什么你穿这种衣服，显得这么可笑？我为什么会喜欢你这种人？还为你这么搞笑的人和父亲闹得这么不愉快？"王子怡让厚朴离开剧院。厚朴知道，这是分手。

那个晚上，我没安慰厚朴。在我看来，这是必然，王子怡已经完全知道，在厚朴身上她完成不了反叛，厚朴不是那个真正自由的人，而王子怡真正想得到的恋人其实是叛逆。

静宜的安排，在假期的时候，我当作家庭的大事和父母说了。他们当然乐于赞成，特别在看过静宜的照片后。

我却还在犹豫。

再过几天就要大四了，我把自己关在家里，翻来覆去地想，自己该怎么做。我知道，这一选择就真是一辈子了：我到底会让自己过什么样的人生。

开学前两天，我去银行把所有钱汇总到一张卡，看了下总额：刨去要交的大四学费，还剩下一万二。

一万二够我赌一把的。我知道自己心里在想什么。

开学前一天，我突然打包行李，提前到校了。为的是要约静宜。事实上我还没有决定，我想犹豫到和她见面时，再下这个决心。

静宜是个聪明的女孩，显然也明白我约她的原因。她乖巧地做了很多安排：骑着自行车来找我，对我说，不如你骑车带我到海滨公园走走。到了海滨公园的那座风景很好的桥上，她拿出我写的几首诗，开始念。

天气很好，景色很好，风很好。她确保一切都很好，才转过头问我，你要对我说什么？

我看着她，内心却涌起一种负罪感和恶心，我知道，那是我对自己的厌恶。我厌恶那个精明计算的我，我厌恶那个做了精明计算又不愿执行的我。我知道那刻我要开口说的，是伤害这个无辜女孩的话。

但我最终说了。

她真的是个聪明的女孩。她坚持要微笑，然后自己骑着车默默走了。从那之后再没联系。而我在开学两周打点完学校的事情后，便买了火车票准备去北京。

后来才意识到，在那很长一段时间里，我那倦乏的、对一切提不起兴趣、似乎感冒一样的状态，是爱情小说里写的所谓心碎。我原本以为，这种矫情的情节不会发生在我身上。

临出发的前一天，我收拾了出租房里的东西，拿到那间原本属于我和厚朴的宿舍寄存。我想和厚朴道别，也想看看，此前的境遇在厚朴身上会催生出什么样的东西。

见到我，厚朴还是笑开他那两颗小虎牙。我的床被他擅自拆了，一整套乐器就摆放在那。他看我进门，兴奋地先是要表演打鼓给我看，然后又想弹吉他唱首自己新写的歌。

然而，弹了没几下，他放弃了。坐在架子鼓的椅子上，顽固地打着精神，但消沉的感觉悄悄蔓延开。

他告诉我，原来的乐队散了，谁被父母拉去实习了；谁准备考研了；谁认真地开始筹备毕业论文，希望冲击优秀毕业生，争取选调到政府部门……他们的"世界"乐队，现在看来，更像是以青春的名义集体撒的一个娇。在看到现实的未来后，各自投奔到新的轨迹里去了，还赋予这样的行动另外一个名字：追求。

只有厚朴，像是派对后留下来收拾的那个人。

"你有什么打算吗？"我问。

他确确实实愣了一下，又急忙装作不假思索的样子，大声喊："招新的乐队成员，继续玩啊，你别忘了，我是厚朴啊！"

只是这样的宣誓，没有从心里透出来的力气，让人听了，反而感觉到无法言说的虚弱。

我在内心挣扎了很久，终于还是没有说出类似"务实点，想想未来要走的路"这一类的话。所以我最终无话可说，仓促地结束了那一次告别。

为什么一定要来北京？其实我自己也不知道，只是觉得，这是我能想到的最彻底的地方吧。

到北京后，我确实感觉自己的判断似乎是对的。北京的确是个彻底的地方。挑战是直接的，梦想是直接的，在这个地方，要做的事情动辄都是"国家级别"，这里的人，谈论的经常是如何改变世界，而这些事情不是谈论完就随风散了，确实有的事就这样实实在在地在发生。

这样的地方很容易和荷尔蒙相互催化，给人带来"世界确实无限展开"的那种眩晕感。这样的地方，确实需要大量想战天斗地的人。

从一家杂志社的试用机会开始，我得到了进入这个城市的机会，或者也可以说，得到被这个城市一口吞没的机会。

在一段时间里，我觉得这个城市里的很多人都长得像蚂蚁：巨大的脑袋装着一个个庞大的梦想，用和这个梦想不匹配的瘦小身躯扛着，到处奔走在一个个尝试里。而我也在不自觉中成了其中一员。

在北京的时候，我偶尔会想起厚朴，犹豫着要不要鼓励他来到这样的北京。北京这个梦想之地，从表面上看，似乎是厚朴天然的生存之所，然而，我也知道，在北京发生的任何理想和梦想，需要的是扎扎实实，甚至奋不顾身的实践。我隐隐担心，厚朴这几年一直活在对梦想的虚幻想象中，而不是切实的实现里。我没把握，当他看到梦想背后那芜杂、繁琐的要求时，是否会有耐心，是否具有能力，是否能有足够的接受度——梦想原来是卑微的执着。

十二月的时候，厚朴和我打过电话，告诉我他又招到新团员了，"世界乐队打算重新向世界歌唱。"电话那头他兴奋地宣布。然后就好奇地询问我在北京的每个细节，"我一直在想象活在那样的地方是什么感觉。"

"没什么特别的感觉，就是更辛苦地攀爬，但可以看到每一步，都确实指向一个个看似庞大但又具体的目标。"我这样回答他。

"有没有把世界掌握在手中的感觉？"

他这样一问，我不知道如何回答了。这样提问的人，显然没有试过在现实生活中去真正奔赴梦想。

我没能说出口的是：厚朴，或许能真实地抵达这个世界的，能确切地抵达梦想的，不是不顾一切投入想象的狂热，而是务实、谦卑的，甚至你自己都看不起的可怜的隐忍。

但我终于还是发出了邀请，我担心内心膨胀开的厚朴会越来越察觉到自己处境的尴尬，担心他最终会卡在那儿。

"不如你也来北京？我租了个房子，你可以先住我这。"

"好啊。"他想都没想。

我真的以为他即将到来了，于是又启动了提前规划的强迫性习惯。每天结束奔走后回到家，有意无意地，就开始慢慢地整理自己租住的大开间，试图腾出两个人各自的区域。到家具店买了一块床垫，到二手市场买了个书架，中间放满书，隔在我的床和准备给他的床垫中间。我还把吃饭的小餐桌往自己的空间里挪，准备了把椅子，想着他可以偶尔坐在这里弹弹吉他。

　　但厚朴迟迟没有来。我打过去的电话，他也不接。

　　我只好向其他同学打听。他们告诉我，厚朴的生活过得一团乱：厚朴又和人打架了，厚朴又谈了好几个女朋友，厚朴又和老师皱起来了，他似乎还不甘愿于此前自己的滑落，试图以这种激烈的方式赢得存在感，而厚朴，果然又成为学校的偶像了……然后，厚朴在毕业前半年，被学校勒令休学。

　　最后这个消息是王子怡和我说的。她发了一条短信给我，主要的本意是打听在北京的生活——她也想到北京来，可能是要读语言学校准备出国，也可能是不顾一切想来北漂，"一切让我父母自己看着办"。

　　短信的最后，她似乎不经意地说："厚朴被学校勒令退学了。你能想象到吗？他竟然偷偷来找我，让我父亲帮忙和学校沟通。很多人都以为他是活出自我的人，但其实他只是装出了个样子欺骗自己和别人，我真的厌恶这种假惺惺的人。"

"他不是假装，他只不过不知道怎么处理自己身上的各种渴求，只是找不到和他热爱的这个世界相处的办法。每个人身上都有太多相互冲突却又浑然一体的想法，他只是幼稚，还没搞清楚自己到底是谁。"打好的这条短信我最终没发出去，因为觉得，没有必要向她解释什么。因为，她也是个不知道自己是谁的人。

在北京杂志社的实习还算顺利。为了争取能留下正式工作的机会，也为了节省路费，我主动请缨，春节留守社里，不回老家。

独自一人在老家过年的母亲显然不理解这样的决定，电话里横七竖八地唠叨着。等糊里糊涂地挂完电话，就已经要跨年了。

我准备关机，煮碗泡面加两个蛋，就当自己过了这个年。

电话却突然响了。

是厚朴。

"抱歉啊，那段时间没接你电话。"这是厚朴接通电话后的第一句话。

"你后来怎么没来北京？"

"我没钱，不像你那样会规划着赚钱，你知道我野惯了。"

接下来的时间里，他和我绘声绘色地描述，自己被劝退离校时，整个学校围观着送别的场景。"我把行李拖着，拖到校门外，然后你知道怎么了吗？我坐在校门口开了个小型个人演唱会。整个学校掌声雷动，可惜你不在现场。"

说完这个故事厚朴像是突然累了一样，一下子泄了一口气："和你说个事，你别告诉别人。"

"怎么了？"

"我觉得我生病了，脑子里一直有种声音，哐当哐当的，好像有什么在里面到处撞击。"

"从什么时候开始的？是不是打鼓打多了？"

"不是的，是从离开学校开始。离开学校后，我试着到酒吧找工作，但是，你知道我唱歌不行。现在我已经完全不打鼓了，就来来回回住在几个朋友家里，蹭口饭吃。"

我一下子确定了，厚朴在那段时间过的是如何的生活：因为外部的挫折，他越来越投入对梦想的想象，也因此，越来越失去和实际的现实相处的能力。

"你不能这样的，要不我让谁帮忙去和学校说说话，看能不能回学校把书读完，这段时间你也学我攒点钱，来北京。"我以为，我在试图让他的生活回到正轨。

厚朴突然怒了："你是不是还想，让我像大一那样去工地抡石头啊？我不可能那样去做了，我不会让任何人有机会把我当失败者，因为我活得比他们都开阔。我们是不是好朋友，不要假装听不懂我的话，你能不能出钱让我来北京看病，你愿不愿意帮我？"

我试图解释："厚朴，正因为我把你当朋友我才这样对你说，这一趟来北京的钱不是问题，问题是……"

话没说完，他电话就挂了。

我再打过去，就直接关机了。

我说不上愤怒，更多的是，我清楚，目前的自己没有能力让厚朴明白过来他的处境。

我一直在想象厚朴的生活，他已经用那些激烈的方式，把自己抬到那样的心理预期，不可能再低下身，扎到庸常的生活里去了。他不知道，最离奇的理想所需要的建筑素材就是一个个庸常而枯燥的努力。

他显然也隐隐约约感觉到，失败者这个身份似乎即将被安置到他头上来。他知道自己再也没有能力，组织起他能想象到的瑰丽生活去与现实抗衡，所以唯一的办法，就是紧张、敏感地去抗拒一切质疑和暗示。

或许厚朴在那之前不接我电话的原因还在于，他敏感地觉得，现在的我，是映照他失败的最好对比。

同学们都不知道厚朴的确切消息，只是断断续续告诉我，他偶尔突然偷溜回学校，抨击一下学校和大部分人的庸碌，调戏下小学妹，拉大家喝几瓶啤酒，就又再消失。有人在某个酒吧看到过他，也有人看到过他在马路边弹吉他，想获得些资助。

我从辅导员那里要到厚朴父亲的电话，希望他能向厚朴分析清楚这世界的真实逻辑。然而那位厚朴一直念叨的乡村英语老师，讲话带着一种莫名其妙的腔调，像老外在说中文一样。他告诉我："没事，就让他闯闯，失败了，也当作是让他发泄发泄，他得把内心的欲望抒发完成啊，要不这一生就浪费了。"

我一下子明白，为什么厚朴有着那么着急、仓促，同时强烈而又真挚地拥抱世界的想象——这样的父亲帮不了厚朴。

实在没有办法，我最终试图找王子怡帮忙。她淡淡地说："哦，厚朴，好几个晚上拖着把吉他在我家小区里半夜唱歌，发酒疯说他如何爱我，被我父亲叫警察把他带走了。他真是个……"

我知道她想说什么，我不想听到那个词语，在她还没说出口前，赶紧挂了电话。

对厚朴的担心，很快被每天日常琐碎的各种滋味淹没。

在正式毕业前，我如愿地被杂志社录用。为了参加毕业典礼，我回了一趟大学。希望这次回去，能见到厚朴。

打开以前宿舍的门，里面确实出乎意料地干净。听同学说，厚朴在临走前，擦拭干净了每一个角落。他们不解厚朴的这个行为，其实我也不理解。

让人意外的是，除了带走一把吉他，厚朴把整套乐器都留下来了。他跟同学们说，这是留给以后来这所学校，同样怀有梦想的人。

我大概能感觉到，要离开学校时，厚朴内心里那复杂的滋味。

以前读大学的时候，总觉得这城市格外的小，就是一条主干道，衍生出几条功能迥异的路。然而，当它藏住一个人的时候，就变得格外的大。

整座城市就只有酒吧街上那几个酒吧，也只有九一路上那两三家乐器行。厚朴藏身的地方确实不多，但直到回北京前，我依然没能找到他。

然而生活必须继续，就像是个话剧演员，我必须在中场休息时间结束后，继续扮演起在现实生活中苦苦争取来的角色。

我就这样告别了那座城市，告别了学校，也告别了厚朴。

北京果然像只巨兽，从飞机一落地开始，就有各种触须攀爬而来，把你卷入一个个事件、一个个挑战、一个个故事和一场场悲喜中。这众多事件，这众多悲喜，厚厚地、一层层地包裹着你，让你经常恍惚，觉得似乎除了北京之外，再没有其他的生活了。

作为师范大学的学生，我和厚朴的大部分同学都留在家乡当起了老师，偶尔有些来北京进修或者补习的。我作为唯一一个扎根北京的人，自然成了他们的驻京接待处。

我没再刻意去打听厚朴的消息，但来的人总会有意无意地说起——事实上我和许多同学说不上熟悉，只是偶尔说说一些陈年旧事和另外一个共同认识的人的故事，勉强证明，我们为什么还要在彼此身上花时间的原因。

据说厚朴流浪到最后，没有朋友收留了，借公共电话亭打了个电话，就被他父亲来城市接了回去。

为了他的事情，厚朴的母亲和父亲吵了很凶的一架，最终母亲的主意占了上风。在母亲的努力下，一些关系得到疏通，厚朴被安排到三明一个很小的村庄里去教书。教的课据说很杂，有语文、政治和音乐等。

不知道为什么，听到这个消息之后，我经常会在忙到大脑快抽筋的时刻，突然想象，在一个小村庄里带着一群小孩唱歌的厚朴。在我的想象里，他还是那样激情四溢，还笑开着两颗小虎牙，而村子的阳光，能把他的脸再次照出那种动人的透亮感来。我总会边想象，边自己开心地笑。

仿佛过上这样生活的，是我自己。

糊里糊涂地，我在北京已经待了两年了。一个很平常的晚上，大学时期的班长给我打来电话："你这周末能回来吗？一起去趟三明。"

"为什么去三明？"我没反应过来。

"厚朴死了，班级组织同学们去探望他家。听说你们是最好的朋友，要不要也去送送他？"

我当即脑子一片空白，犹如被人重击了一般。

班长还在讲述这几年厚朴经历的种种，那是和我的想象完全不一样的故事：到村里教书的厚朴，一开始有些寡言，但也称不上什么问题，但慢慢地，他不断和家里人说，脑子里有个声音，哐当哐当的，像是有只怪兽，就住在他脑子里到处冲撞。一开始，还只是在晚上隐隐作痛，渐渐地，会突然毫无征兆地发作，他一开始只是喊头疼，后来竟发展到拿自己的头去撞墙，撞得头破血流。

课最终是上不了了，他的父亲带着他到处去检查，并没能查出什么问题。

自杀的前一周，他对父亲提了最后的要求：我能去北京看病吗？

他父亲拒绝了。

这几年，已经耗尽了这个家庭的最后一点积蓄，也耗尽了这个父亲最后的耐心。

班长还在感慨："我们要多珍惜彼此了，生活是个漫长的战役，他是我们当中阵亡的第一个人……"

我已经听不清他在说什么了。

厚朴的父亲不知道，同学们不知道，王子怡也不知道，但我知道，住在厚朴脑子里的怪兽，是他用想象喂大的那个过度膨胀的理想幻象。我还知道，北京不只是他想要求医的地方，还是他为自己开出的最后药方。

一种难以形容的悲伤，迅速在胸口膨胀。张了张口，试图想发出点什么，却始终没有一点声音。我这才意识到，这几来年，对自己的管控太成功了，以至于在这个极度难过的时候，还顾虑着大声宣泄会惹来邻居的非议。

大学四年，毕业工作两年，我一直控制着自己，没学会抽烟，没学会喝酒，没让自己学会发泄情绪的一切极端方式。要确保对自己一切的控制，要确保对某种想象的未来达成，要确保自己能准确地活在通往目标的那个程序里。

然而我要抵达的到底是什么？这样的抵达到底有什么意义？

我自己也完全不清楚。

不想哭，内心憋闷得难受，只能在租住的不到十平方米的房间里，不断来来回回地到处走，然后不断深深地、长长地叹气。仿佛我的胸口淤积着一个发酵出浓郁沼气的沼泽，淤积着一个被人拼命咀嚼，但终究没能被消化，黏糊成一团的整个世界。

也就是在那时候，我突然察觉，或许我也是个来北京看病的人。

或许，我和厚朴生的是同一种病。

海是藏不住的

我六岁的时候，才第一次看到海。虽然，我是海边的孩子，而且我的父亲，就曾是一名海员。

那次看到海，是到外祖母家的路上。沿着乡间的小路，跟在母亲的身后走，总感觉，怎么路边的甘蔗林那，总传来明晃晃的亮光。我趁着母亲不备往那跑，这才看到海。

追来的母亲气急败坏。她说，你父亲不让你知道海的，就怕你觉得好玩自己跑来了，担心万一有个三长两短。其实父亲担心的不仅这个。回到家里，父亲郑重地和我说："我小时候就是老觉得海边好玩、船上生活好玩，这才过上后来的生活。但海上太苦了，我希望你在镇上的中学读好书，不要再做和这相关的工作。"

东石，我生活的这个小镇，或许有太多像我父亲那样的人。十几年来，镇区的发展，一直往反方向滋长，整个小镇都在集体逃离那片带给他们乐趣和磨难的海洋。然而这片试图被父母藏住的海，却因父母的禁止而越发吸引我。

再次去拜访外祖母的路上，我突然放开步子往甘蔗林那冲，母亲气恼地追我，把我追急了，竟扑通往那一跳，海水迅速把我淹没了，那咸咸的海水包裹着我，把我往怀里搂。我看到，这海水之上那碎银一样的阳光，铺满我的瞳孔，醒来的时候，已经在医院的病床上。

海是藏不住的。父母因为自己曾经的伤痛和自以为的对我的爱护，硬是要掩饰。我因而听到海浪声，以为是风声，闻到海腥味，以为是远处化工厂的味道。然而，那庞大的东西还一直在涨落着，而且永远以光亮、声响在召唤。我总会发现的，而且反而因为曾经的掩饰，更加在意，更加狂热。

那次被水淹后，父亲却突然带我去航行。那真是可怕的记忆，我在船上吐得想哭都没力气哭出声，求着父亲让我赶紧靠岸。从那之后，我不会疯狂地往海边跑，然而也没惧怕海，我知道自己和它最好的相处方式是什么。那就是坐在海边，享受着海风亲昵的抚摸，享受着包裹住我的庞大的湛蓝——那种你似乎一个人但又不孤独的安宁。再长大一点，我还喜欢骑着摩托车，沿着海岸线一直兜风。

海藏不住，也圈不住。对待海最好的办法，就是让每个人自己去寻找到和它相处的方式。每片海，沉浮着不同的景致，也翻滚着各自的危险。生活也是，人的欲望也是。以前以为节制或者自我用逻辑框住，甚至掩耳盗铃地掩藏住，是最好的方法，然而，无论如何，它终究永远在那躁动起伏。

我期许自己要活得更真实也更诚实，要更接受甚至喜欢自己身上起伏的每部分，才能更喜欢这世界。我希望自己懂得处理、欣赏各种欲求，各种人性的丑陋与美妙，找到和它们相处的最好方式。我也希望自己能把这一路看到的风景，最终能全部用审美的笔触表达出来。

我一定要找到和每片海相处的距离，找到欣赏它们的最好方式。

愿每个城市
都不被阉割

应该是在一九九八年的时候，阿爸一度打定主意要把老家小镇上两百多平方米的老石头房子卖掉，到厦门买套六十多平方米的。当时促使他做这个决定的原因是，台湾电视剧看多了，看到电视剧里描述的那种都市生活，无论怎么对比，总觉得那种生活比现在的样式好。阿爸做这个决定是在雨水多的春季，潮湿且易烦乱，影响着一整家子对所处的生活异常不满。

终于阿爸决定要带着我去探路了。他说顺便让你见识一下大城市的生活。当时老家这个海边的小镇还看不到太多的车，从我老家到厦门每天就早上六点半一班，所以小镇的人很多会晕车，包括我。我晕车是受不了那种刺鼻的汽油味。所以从一上车，往厦门的路上，难受就压过兴奋。好不容易到了厦门，下了车我一口吐了出来，我看到的是一排排车屁股对我冒着烟。阿爸以前是海员，见怪不怪，说会习惯的。

当时小孩子的鼻子敏感，觉得这座城市怎么到处都是油味，我试图激起自己的兴趣，比如挤公交车，比如看两旁整齐的绿化带，比如高楼——但显然一切都是在预料中。我知道阿爸也似乎在激发我的兴趣，一路指着，你看这栋楼有几层你数数，我说不数了，电视上还有更高的，他说你看这道路都铺砖，我说这个电视上也有，他说你看好多车，我说我也看过了，你看有红绿灯，我说书本上读太多了。最终我实在提不起兴趣了，城市里似乎太多已知，我老家的一个小水池都有好多未知。

我们去拜访的是表哥家，虽然是表哥但年纪和我爸爸相仿，他有个儿子比我小六岁左右。看我无精打采，便让这个小侄子带我出去走。本来想能有什么好玩的，其实就是四处走，叫我数楼有几层，看地面上的瓷砖。然后还有学规矩，一路上都在叫唤，不准随地扔东西、要排队上公交车、要走斑马线。当时小孩子的我一直在心里庆幸还好自己不是这里的人，而且看着大片大片望不到尽头的水泥地，我觉得好悲伤——没有各种奇特的植物没有长有小蝌蚪和五彩鱼的水池没有可以挖地道的地方。

现在我是在空气更不好的北京写这个东西，当然鼻子已经麻木，闻不出好空气的味道了。不过我觉得曾经的乡土让自己变得相对浑厚些——因为浑浊所以厚实。事实上我很庆幸阿爸后来没有让我家搬到厦门，虽然它已经是中国最美的城市之一了。记得我和朋友有次聊天，聊到他是来自湛江一个小镇，我是来自泉州一个小镇，他就接着往下列举了，才发觉自己身边的许多人都是小镇出身。他说自己总结过了，这叫小镇包围城市。他说曾经有过调查，现在大城市各个领域的主力百分之八十以上来自小镇，他问我怎么理解，我说因为小镇出来的浑厚。

我所说的浑厚有个最简单的解释，从一个小镇的生活再到一个县城一个地级市一个大城市，顺着这根链条下来，每一个层次的生活都不一样，你经过对比，对以往的更能理解而且吸收，对现在的也更能知道自己所处的位置。而比起一生下来就在城市的孩子们，我们容易有他们觉得奇特和不可思议的故事。

我并不是说厦门不好，相反在我走过的中国这么多城市里，厦门是我最喜欢的城市之一。只是我觉得城市不好，或者说没有不好的地方。城市建构的根基经常是规矩和规划，特别这些年来的中国，城市不是长出来的，而是催生出来的，城市因而表现出更为强大的秩序意识，人要干吗，路要怎么样。生长在这样环境里的人，太容易有秩序意识。

我一直觉得有生命力的地方在于浑浊。一潭池子里的水和放在观景台上的水，永远是池子丰富也美丽。就一个池子，它里面的各种生物以及各种生活在这世界的故事都可以让一个孩子开心一个下午，而城市里的孩子只能盯着被安排好的景色开心这么一瞬间。

现在国外的建筑师常用一个词来讽刺中国，"千城一面"，无论哪个城市，都只能从国外的标准去解释当时为什么这么建，而不能说出这个建筑这条街道和人群的生活是如何自然地演变融合，骨肉相连的。中国的许多城市就这么仓促地被一个标准给阉割了。

我很喜欢北京，也喜欢泉州。在我看来，北京可爱的部分，在于它不仅是城市，还是"世界上最大的农村"。我现在住的地方是王府井旁边的小胡同，从大路走过来还是流光溢彩，突然一拐就是吊嗓子的老大爷，开做茶馆的四合院，蹲着吃东西的大妈，在路边摆棋的老人。我会觉得这样的地方有惊喜，因为你不知道你拐的下一个弯会有什么——因为层次太多，东西太杂。我厌恶那种城市的新区，第一眼非常喜欢，它已经是城市化的代表，但你在一个角落住一个星期，你就知道这个城市其他所有地方的样子了——都是类似的。

泉州的老城区和新城区刚好也构成这样的相对吧。我常这么比喻，新城区是老城区的整容版。在泉州你会看到乱闯的行人和车、粗糙的老建筑，甚至低陋的生活习俗。我是会喜欢新铺设的沿海大道上的精致风景，但绝不是被打动或者感动。感动我的，会是走在泉州石头巷子突然听到随便哪户人家里飘出的悲戚的南音，会是十五佛生日的时候，整个城市家家户户在门口摆上供品烧上香齐声祈祷平安。

我们始终要

回答的问题

离开北京的前一晚，有点冷，晚上九点过后，到处就是安静的路了。把老妈安顿在五道口的旅店，打车穿过了大半个北京去南城李大人家，一路上都是呼呼的风声。

　　这样叙述，感觉有点萧索，不过，确实是我当时的感受。我也说不清，为什么有那样的感觉，也说不清为什么很想在离开前去看看李大人和他的孩子七七。

　　很奇妙的因缘，李大人的父亲是在三十多岁才有了这个后来让他骄傲的儿子，而李大人也是在差不多年纪的时候才有了七七。给我说这些的时候，李大人抱着七七，可爱的小身躯靠在李大人的肩上，李大人则不断亲吻这个小生灵，那种父爱和温情让我内心里温温地感动。

　　去年我父亲去世的时候，李大人告诉我，他相信父亲的血就流淌在自己身上。我也相信。

　　奇妙的因缘。人与人关系的建立，显得那么充满偶然又似乎必然——我们的朋友参与我们的生活，改变了甚至塑造了我们的生活。没有认识李大人，我的人生逻辑肯定很不一样。

李大人是个直接而且狂热的人，他对新闻以及对人有一种很苛刻的坚持。他常常很直接地突破你说话的逻辑，不让你有试图掩饰的机会，指明你所逃避或者不敢面对、不明白的。

每次和他聊天，我时常都有种受伤感——有试图掩饰的挫败，也有的是，其实自己也不理解自己的状态，然后就被李大人这般一针见血地指出并且批评了——我知道李大人内心的善良和本意，然而我总是难以遏制挫败感。

那个晚上也是。在这里重新叙述已经过去一个多月的那个夜晚，是因为，觉得这是个对我一辈子影响深远的夜晚。

那一晚的李大人依旧先问我："怎么样？最近过得怎么样？讲一讲吧。"

然后我开始讲，讲父亲去世过后我在老家的这半年，讲我为什么坚持要从北京辞职回去陪老妈，讲我在老家那个小镇，骑着摩托车没有目的，也没有刻意地四处乱逛，讲我的无所事事，讲我提不起工作的兴趣，以及讲我对这种状态的恐惧。

李大人习惯在说话前笑一笑，然后开始说——那都是借口，你父亲的死其实不是造成你现在状态的根本原因，你只是用这个事情来掩饰或者逃避自己不想回答的问题。

我当时很真诚地相信，从八年前父亲的中风起，我就开始了围绕于父亲的病、这个家庭负担的人生和工作规划，我觉得，我前段时间的状态很容易理解——失去了此前八年来工作和生活的中心，我的迷惘理所当然。在这个逻辑下，我会着急能否成名，着急能否赶快写本畅销书都有理由——因为我要扛这个偏瘫的家庭。

当李大人这么说时，我很不能接受，我非常生气，不过他接下去的一句话让我懂了他的意思："你根本还不知道怎么生活，也始终没勇气回答这个问题。"

他没有说下去，我或许明白了，他想说的是，在不知道怎么生活的情况下，我会采用的是一种现成的、狭隘的、充满功利而且市侩的逻辑——怎么能尽快挣钱以及怎么能尽量成名，用好听的词汇就是所谓"梦想"和"责任"。

此刻我再重新叙述的时候，已经理解李大人的用心。我很珍惜他的话。

我，或许许多人，都在不知道如何生活的情况下，往往采用最容易掩饰或者最常用的借口——理想或者责任。

回福建的这几天，我自己在想，八年前的我，年纪刚好到了要思考、确定自己如何生活，确立一生的生存目标的时候，却因为家庭意外的病痛，就借此逃避回答了。

我疯狂工作，不让自己有空余时间，除了真实的生存压力，还在于，我根本不敢让自己有空余的时间，因为时间一空下来，我就要回答怎么去填充时间，怎么去面对生活，去回答这个问题——我要怎么生活，我真正喜欢的是什么，我真正享受什么？

我根本不敢去判断自己的人生，也把握不住自己的人生。我逃避了，我躲在所谓对家庭的责任后，躲在所谓对新闻的追求和梦想中。于是，任何一点生活的压力或者工作的变动都让我脆弱，把生活的节奏寄托在工作上，所以任何一点波动都会让我不安让我恐慌。

那天晚上，李大人对我说的最后一句话是，好好想想怎么生活，怎么去享受生活。我知道他的意思，他或许想说，生活从来不是那么简单的梦想以及磨难，不是简单的所谓理想还有阴谋，生活不是那么简单的概念，真实的生活要过成什么样是要我们自己完成和回答的。

或许，生活就是张这样的问卷，你没有回答，它会一直追问下去，而且你不回答这个问题，就永远看不到下一个问题。

离开李大人家里的时候，已经快十一点了，我心里感觉到自那段时间以来前所未有的轻松和舒服。在此前，我不愿意和许多关心我的朋友联系，不愿意开口说话，或许也在于我不知道如何回答自己、如何和自己相处，更不知道要如何和朋友相处了。

那天晚上我着急要和挂掉他许多次电话的好友成刚联系——他在我老家当电台副台长，是个和我探讨人生和新闻理想会激动到手发抖的工作狂，或者说理想狂。在我父亲刚去世的时候，他常常打电话给我鼓气。

人生的安排有时候确实就像拙劣的肥皂剧，第二天一早接到好朋友弈法的电话，说成刚走了。三十多岁的他死于心脏病突发——对一个理想狂来说，最合适的离开理由。

原谅我，成刚，我的兄长我的老师我的挚友，在赶赴你的告别仪式时我一路上都在责怪你，你其实也没有回答这个问题，而为此，你付出的代价是，留下孤单的妻女还有为了你无限遗憾的这群朋友。我真想好好和你聊聊，关于我们要怎么享受生活，而不是如何让虚妄的梦想膨胀自己。我真的太想和你谈谈，什么才是我们最应该珍惜和最珍贵的。

原谅我，父亲，从你生病开始我就一直忙于在外面兼职赚钱，以为这样就能让你幸福，但当我看到我给你的唯一一张照片，被你摸到都已经发白的时候，才知道自己恰恰剥夺了我所能给你的、最好的东西。

以这篇散乱的文字给我父亲，给我的挚友王成刚。

回家

我知道那种舒服，我认识这里的每块石头，这里的每块石头也认识我；我知道这里的每个角落，怎么被岁月堆积成现在这样的光景，这里的每个角落也知道我，如何被时间滋长出这样的模样。

回老家养病，躺在病床上，才有精力和能力——回想自己这几年的故事，才觉得这些日子自己唯一可以骄傲的事，是为父亲选了一块极好的墓地。

虽然母亲至今觉得价钱不便宜，算起来是"高档住宅区"，然而我很享受这种虚荣，因为父亲生前，我一直没能让他过上好一点的生活。

自从父亲去世后，骨灰盒一直置放在中学母校旁边的安息堂。那是母亲的主意。一个考虑是母亲做义工的庙宇就在那附近，母亲每天要去寺庙帮忙时，会先绕到那灵堂的大门附近，和父亲打声招呼。另一个考虑是，"你爸爸喜欢做运动，他太胖了，学校的体育场刚好可以让他跑步"。

在我生活的这个小镇，所有人都笃信举头三尺有神明，也相信有魂灵，人与鬼神亲近地生活着。我们还相信，魂灵有着和现世一样的属性，会饿到，也会吃太饱，会太胖，然后也会心情不好也会闷出病……

去世的父亲就以这样的方式，继续生活在我的老家。父亲忌日的时候，母亲会拿着点燃的沉香，对着案桌上的牌位问："今天的卤鸭好吃吧？"有时候家里人会突然闻到他的气息，母亲就会拿着经书念几句，说："你啊要多看点经书才能去西方极乐世界。"

这样的光景过了三年，直到去年，二伯突然离世，做生意的大堂哥念叨着一定要入土为安，开着车仔细对比了几个高级的墓地，终于看上梅陵古园，一个台湾商人投资的墓园。

价钱是不菲，然而堂哥却一直也希望我父亲的骨灰同样能迁到那去，大堂哥的理由是"他们兄弟生前感情就那么好，死后做伴才不寂寞"。

堂哥还畅想自己的父亲和我的父亲，两个人凑在一起，会不会像以前边喝酒边吹牛，会不会还相约跑去很远的地方看戏……三伯、四伯很赞成，我们十几个堂兄弟也觉得这安排很好，母亲听到这打算却支支吾吾不肯回应，借口家里有事，匆匆离开所有人的询问。后来又出动大嫂来家里反复追问，她还是犹犹豫豫："太远啦"，"太贵啦"，"我自己会晕车，要去祭扫多不方便"……种种理由。

所有人和母亲争执不下，最后找到了我。母亲还是让我决定，自从父亲在我读高二中风后，她就认为我是一家之主了，凡事让我拍板。

特意从广州赶回老家的我，最终是被那里的清净和安宁打动，当然，我也不得不承认，我有种很强烈的补偿心理——父亲突然离世的很长一段时间里，我不是哭泣，而是满肚子的怒气，我憎恨自己再无法为父亲做点什么。亏欠得太多却没机会补偿，这是于我最无法接受的事情。而如今机会来了。我很高兴地赞成了，母亲也不好再说什么。

临到父亲要搬家那天，母亲却整天在抹泪，谁问都不说原因，怎么样就是没办法让她开心起来。气恼的我把她拉到一个角落，带着怒气问，怎么这个时候闹。母亲这才像个孩子一样，边抽泣边说："我是想到，以后再无法每天去和你父亲打招呼了。"

骨灰盒很沉，因为是石头做的。安葬的那天，一路上，旁边的那几个堂哥边看着有点狼狈的我，边对着骨灰盒和我父亲开玩笑："小叔子你故意吃那么胖，让你文弱的儿子怎么抱得住。"

要安置进坟墓里的时候更发愁了，我绝没有那种力气单独抱着，让骨灰盒稳当地放进那个洞里。而且风水先生一直强调，生者是不能跳进那洞里去的，甚至身体任何部位的影子也都不能被映照到那洞里。

最终的商量结果是，我整个人趴在地上，双手伸进那洞里，堂哥们帮我把骨灰放到我手上，我再轻轻地把它安放进去。

趴在这片即将安放父亲的土地，亲切得像亲人。轻轻把骨灰盒放入，众人发出总算完成的欢呼，我不争气地偷偷掉了几滴泪。那一刻我很确信，父亲很高兴我的选择。不知道为什么我就是很确信。因为这土地是那么舒服、温暖。

第二天早上醒来母亲和我说做了一个梦，梦里父亲说，黑狗达给我买的新房子好舒服啊。母亲说完，这才笑了。虽然接下去那儿天，还是为不能去和父亲打招呼而失落了许久。

其实，关于父亲的坟墓我还是有遗憾的。虽然墓地有将近十平方米，但还是无法修建成我最喜欢的祖辈那种传统大坟墓。

那种大坟墓至少需要四五十平方米的地方：中间是隆起的葬着先人尸骨的冢，前面立着先人的名号和用以供放祭品的小石台，围绕着这个中心，是倒锥形的高台。

每次总是家族的人一齐前来祭扫，先是点烛烧香，然后还要用彩色的纸粘满这整个高台。

清明节多风，空气也湿润。满身大汗地粘贴完彩纸，我习惯坐在高台的随便一个地方，任湿润的风轻抚。

我特别喜欢清明家族一起祭扫的时刻。每一年祭扫总是不同光景：老的人更老了，新的人不断出来，看着一个又一个与你有血缘关系的老人，成了你下次来祭扫的那土堆，一个又一个与你同根的小生灵诞生、长大到围着我满山路跑。心里踏实到对生与死毫无畏惧。

因此回来的这几天身体虽然不舒服，我还是随他们早上到陵园祭扫了父亲和二伯，下午执意要和家族的人步行到山上去祭扫祖父祖母、曾祖父祖母、曾曾祖父祖母、曾曾曾祖父祖母……

满山的彩纸，满山的鞭炮声，满山的人。那炮火的味道夹着雨后的水汽，在山里拉拉扯扯的——这就是我记忆中清明的味道。只不过，以前我是最小的那一个孩子，现在一群孩子围着我喊叔叔，他们有的长成一米八五的身高，有的甚至和我讨论国家大事。

在祖父祖母的墓地，这些与你血脉相连的宗亲跟着不变的礼仪祭拜完，也各自散坐在这高台上，像是一起坐在祖宗的环抱中，共同围绕着这个埋葬着祖宗的家。

那一刻我会觉得自己是切开的木头年轮中的某一个环，拥挤得那么心安。

我一直相信有魂灵，我也相信母亲那个关于父亲的梦。因为当我身体贴着墓地泥土的那一刻，真切感到那种亲人一样的温暖，我也相信，父亲确实会用"家"这个词来形容他的新住所。因为在我的理解中，家不仅仅是一个房子、几个建筑物，家，就是这片和我血脉相连、亲人一样的土地。

事实上离家乡很远，对我来说是很不方便的事情，因为遇到事情，脆弱无助的时候，我第一反应就是回家。

我得承认，并不仅仅是母亲用闽南语说的那句"春节不回没家，清明不回没祖"让我这一次仓促订机票回家。

而是，我又需要回家了：我身体很不舒服，同时，心里正为一些对我格外重要的事情，缠绕到手足无措。

为了工作，那灰头土脸、背井离乡的几十次飞行，积分的结果，换来了一张回家的免费机票。而且是光鲜亮丽的公务舱——电话里我对母亲讲，这多像我现在生活的隐喻。

这次回来的整架飞机，满满当当都是闽南人。坐在公务舱的位置，一个个进机的，都是老乡，带着各种款式的供品，零星散落的话语，都是"我这次一定要去探探叔父的墓地，小时候他常把我抱在腿上，给我吃芭乐"，"你奶奶啊，生前一口好的都舍不得吃，最疼我了，可惜你没福，没看到过她"……我相信很多闽南人、老华侨都如同我这样生活。累死累活地奔波，就是为了体面地回家。

那个下午，母亲又在祭拜的空隙逗我，开始讲我恋家的故事：大学因为家里穷，贪心打了太多份工，有次劳累过度发烧近四十度。打工的那个补习班负责人叫了几个人，要把我送去医院。我半昏迷中，哭着一直喊，我要回家我要回家。

为什么一定要回家啊？那次烧退后，我一睁眼才发觉自己在家。母亲说补习班的老师扭不过我，打车送我回来的。母亲一直逗我。这里有什么啊？为什么一定要回家啊？我张了张口，脸红得说不出话。

家里有什么呢？

有几次遇到挫折，万水千山赶回老家，待了几天，就开始好奇自己的冲动。冷静的时候，我确实会看到，这个小镇平凡无奇，建筑乱七八糟没有规划，许多房子下面是石头，上面加盖着钢筋水泥。那片红色砖头的华侨房里，突然夹着干打垒堆成的土房子；而那边房子的屋顶，有外来的打工仔在上面养鸭。

那几条我特别喜欢的石板路，其实一遇到雨天就特别容易滑倒，好不容易走着觉得有了浪漫的意境，却突然接上一条水泥地。它到处是庙宇，每座庙宇都蔓延着那醇厚的沉香，然而周围加工厂的废气味，却也总在你沉醉的时候，突然袭击。

同样地，回来这几天，我也反复追问自己这个问题，这片土地为什么让我这么依赖？

祭扫完墓地，空出来的光景是自己的。那个下午，我撑着伞走过因为放假而安静的小学母校；走过嘈杂热闹的菜市场；在卤水小摊上看那个阿姨熟练地切卤料；看到那个驼背的阿叔又挑着生锈的铁盒叫卖土笋冻，临时来兴致叫了两块就在路边吃……甚至还瞒着母亲，偷偷牵出摩托车，冒着雨到海边逛了一圈。虽然因此回来，头更晕了。

我知道那种舒服，我认识这里的每块石头，这里的每块石头也认识我；我知道这里的每个角落，怎么被岁月堆积成现在这样的光景，这里的每个角落也知道我，如何被时间滋长出这样的模样。

回到家，爬到建在高处的我家四楼，放眼过去，这细雨之下，是青翠的石板路，被雨水润湿而越发鲜艳的红砖头房，乱搭乱建、歪歪斜斜的改造房子，冒着青烟的厂区，以及满头插花的老人正挽着篮子买菜回来，刚从海里打鱼回来的车队，冒着雨大声地唱起闽南语歌……我知道，其实我的内心、我的灵魂也是这些构成的。或许不应该说这片土地实际物化了我的内心，而应该反过来说，是这里的土地，用这样的生活捏出了这样的我。

几天的放纵，换来的是不得不乖乖躺在家里养病。没完没了的雨水，孩子气地赶起懒洋洋的土地味，悄悄蔓延上我的床，湿润而温暖，像某个亲人的肌肤，舒服得让人发困。我突然想，或许父亲的魂灵埋入这黄土，就应该也是这般舒服的感觉。

从小我就喜欢闻泥土的味道，也因此其实从小我不怕死，一直觉得死是回家，是入土。我反而觉得生才是问题，人学会站立，是任性地想脱离这土地，因此不断向上攀爬，不断抓取任何理由——欲望、理想、追求。然而，我们终究需要脚踏着黄土。在我看来，生是更激烈的索取，或许太激烈的生活本身就是一种任性。

这个能闻到新鲜泥土味的午后，终究舒服到让我做了沉沉的一个梦。

梦里，我又回到小时候的那次离家出走。我沿着那条石板路，赤着脚，一路往东走，沿途尽是认识的人和认识的石头，他们和它们不断问我，去哪？我说我要出去看看，我想要出去看看。我开始一路狂跑，认识我的人叮嘱我的话听不见了，那些石头的劝说被我抛到脑后，慢慢发觉，身边的景致越来越陌生——这不是我熟悉的空气，不是我熟悉的石头路，不是我熟悉的红砖头。我突然如同坠入一种深邃如黑洞的恐慌中，一种踩空的感觉，眼泪止不住汩汩地流，但同时，好奇心又不断提醒自己，挣扎着想看几眼陌生的风景。

是很美啊，那是片我至今不知道名字的海滩，海那边漂浮着几条大大的船，一群海鸟轻盈地掠过天际，我是可以躺在这里一个下午，如果这是我的家的话，然而，我实在抑制不住内心的恐慌：为什么这里的风这么大？为什么这里的沙子那么干涩？为什么看不到我熟悉的那些石头？我恐慌地到处寻找，才终于看到，那条湿润的小巷子温暖地在不远的地方等我。

我高兴地一路狂跑，似乎后面有什么在追着我，边跑边哭，边跑边笑，终于跑到家里，敲了敲木头门，开门的是母亲。母亲并不知道我那下午的历险，看着灰头土脸、泪流满面的我，并不追问，也没责骂，把木头门推得更开一点，说，干吗？怎么还不进来？

我用尽最后一丝力气往家里跑，厨房的油烟、木头的潮湿、狗的臭味它们全部涌上来，环抱住我。那一刻，我知道，我回家了，干脆就躺到满是灰尘的地上去了……

醒来后，才发现自己竟然不争气地哭了。或许，这几年我其实还是没离开过家乡，只不过，走得远了一点，看的风景更多一点，也怕得更厉害一点。但还好，我终于还是回来了，我终于还是能回来，我终于还是可以找到永远属于我的那条小巷。

火车伊要开往叨位

（火车它要开到哪里）

我生平一定曾路过

你洗过澡的那条河

你的六岁

还浮游在水面

我抬起头

看到一个硕大的

橘子

悬在上空

我知道

这就是童年时代的

所有黄昏

——《关于所有旅行的故事》

是在去往南平的火车上，刚上高中的我，写下这样一首短诗。那是我奖励自己而开始的第一次独自搭火车远行。在闽南这个统战前沿，火车线路零星得只有这通往山区的一条。

我在海边上车，一路被带向浓郁的山色。窗外的景致，如同溪流中的光影那般鲜润地滑走，我看着一座座的房子在我眼光中迅速到来，却仓促被扯走。我在破旧的院子里，看到老人抱着孙女哭泣；我看到一个男人，坐在门墩上抽烟；我看到一个小女生，背着书包盯着一所房子的大门犹豫——然后一切全部被列车的行进拉扯开。

我就这样短暂参与了他们的生活，刚开始铺张关于他们命运的想象，却又被迅速带离。当暮色渲染了整个视野，轰轰的火车把我拉出城镇，目光可见的，只有模糊的山色中零星的灯光，橘色的夕阳下，缎子一样的河流，以及孩子影影绰绰的嬉闹。

我莫名感伤——到底每点灯光背后，有多少故事？那老人为什么抱着孙女哭泣，那男人是否因为生活困顿而困惑，那小女生面对的那扇门背后是怎么样的故事？

作为游客，惬意的是，任何东西快速地滑过，因为一切都是轻巧、美好的，但这种快意是有罪恶的。快速的一切都可以成为风景，无论对当事者多么惊心动魄。

想起这段旅行，是那天在大学母校的教室里。应老师邀请，回来和学弟学妹交流。老师帮我定的题目是"这一路的风景"，还特意在我曾经上过课的教室召开。坐在曾经的位置上，还没开口，记忆已经全部涌上来了。

任何事情只要时间一长，都显得格外残忍。

九年前，坐在这位置上的我，父亲半身偏瘫，是家境困顿到无路可去的时候。当时那个蔡崇达，想着的是如何挣钱送父亲到美国治病，可以为了考虑是否为整天兼职而辛苦的自己加一块红烧肉而犹豫半天，还立志多挣点钱带阿太去旅游，当然还想着要赶紧牛起来，赶紧出名，让给自己机会的当时广电报的老总王成刚骄傲。甚至曾经想象，在哪一本书畅销后，要回到父亲做心脏手术的福二院，对那些病患的子女讲，别放弃，生活还有希望。

九年后，那个当年的蔡崇达执着的理由全部消失，父亲、阿太、成刚的突然离世，让他觉得自己突然轻盈得无法触碰到真实的土地。而他唯一找到的办法，就是拼命工作。

这几年来我就这样生活在两个世界的夹缝中。现实中不愿意真正踏步进去，工作中作为记者，一个记录者，我所要做的，像是一个好事的看客，迅速挤进众多人围观的某个故事现场，尝试被卷进其中的喜怒，然后一次次狠心地抽离。

生活中，我一直尝试着旅客的心态，我一次次看着列车窗外的人，以及他们的生活迎面而来，然后狂啸而过，我一次次告诉自己要不为所动，因为你无法阻止这窗外故事的逝去，而且他们注定要逝去。我真以为，自己已经很胜任游客这一角色，已经学会了淡然，已经可以把这种旅游过成生活。

这次匆忙返乡，是为了办港澳通行证。却意外被母校邀请，意外开启了过去的记忆，也因此意外地和现实迎面撞上，因此头破血流。

我骑着摩托车在小镇乱逛，父亲曾开过的那家酒楼现在成了一个仓库，他开的那家加油站已经被铲平，规划建成一个花园，阿太居住过的那栋小洋房，现在成了挤满外来民工的大杂院，我最喜欢的那株玫瑰花已经枯得只剩残枝。而到了泉州，成刚的副手——后来留守广电报当副总编的庄总拿着批文给我看，广电报明年将关掉。

那个下午，庄总极力邀请我一起吃晚饭，"喝几杯"，我找了个理由急匆匆地走开，其实我没有所谓其他事情，其实我一出广电报的大门就失声痛哭，其实我怕，我怕他突然提及王总是如何为了这报纸操劳过度以致猝死，我怕他会和我同时情绪失控。

时光多残忍，那个懦弱但可爱的父亲，兢兢业业一辈子的所有印记一点都不剩下；那个过于狂热、战天斗地的兄长成刚，短暂地燃烧生命，也就耀眼那一瞬间；而我深爱着的、那个石头一样坚硬的阿太，还是被轻易地抹去。太多人的一生，被抹除得这么迅速、干净。他们被时光抛下列车，迅速得看不到一点踪影，我找不到他们的一点气息，甚至让我凭吊的地方也没有。

而对于还在那列车中的我，再怎么声嘶力竭都没用。其中好几次，我真想打破那个玻璃，停下来，亲吻那个我想亲吻的人，拥抱着那些我不愿意离开的人。但我如何地反抗，一切都是徒然。

我才明白，我此前并不是接受旅游这种生活方式，我那只是逃避。虽然我反复告诉自己，既然人生真是个旅途，就要学会看风景的心情和能力。但我始终接受不了，活得这么轻盈，轻盈到似乎没活过。其实我并不愿意旅行，其实我更愿意待在一个地方，守着我爱着的人，生根发芽。

对那些我正在爱着或者曾经爱过的人，我希望你们明白，我多么希望付出全部为你们停留，如今我唯一能做的，就是把你们刻在我的骨头里，即使时光列车拖着我的肉身一路远行，至少你们的名字和名字牵扯的记忆，被我带走了，这是我对时间能做的唯一反抗。

说实话我一直不理解，也一直像个任性的孩子接受不了，为什么时光这列车一定要开得这么快，为什么还要有各自那么多分岔，我不知道我们这么急匆匆地到底要去向何方？但我知道，或许不仅是我一个人在大呼小叫，那些静默的人，内心里肯定和我一样地潮汐，我不相信成熟能让我们接受任何东西，成熟只是让我们更能自欺欺人。其实那次我旅游完回来，写了另外一首诗叫《世界》：

> 世界都不大
>
> 我可以哪里都不去
>
> 我可以在这里

只看着你

直到一切老去

很幼稚的诗，但我很骄傲，即使过了九年，我依然如此幼稚。这是幼稚的我幼稚的反抗。原谅我这么感伤，那是因为，不仅是过去、现在的我，多想挽留住自己最珍惜的东西，却一次次无能为力。但我还是愿意，这么孩子气地倔强抗争，我多么希望能和我珍惜的人一直一路同行，但我也明白，我现在唯一能努力的是，即使彼此错身了，我希望，至少我们都是彼此曾经最美的风景——这也是我能想到的唯一一反抗。

这文章也给一个朋友，我要对他说的许多话，也就在这里面。谢谢他，也谢谢时光，谢谢命运，虽然他们那么残酷，但终究让我看到过风景。物都不可避免地有阴暗的一面。想要活得轻松便要学着妥协，你在一篇博客里也写过"我不相信成熟能让我们所谓接受任何东西，成熟只是让我们更能自欺欺人"。这样滋生的悲观情绪是不是不可避免呢？

后记：我想看见每一个人

　　三十岁生日那天，我恰好在伦敦。规划的行程，是去大英博物馆打发一整天。

　　大英博物馆的主展厅不定期会有展览，那一天的展览名叫"living and dying"：长长的展台，铺满了各种药丸和医疗器械，每一列都隶属于最下面标注出的一个个主人公——这里陈列着已逝去的人们自认为生命最美好、最痛苦时刻的照片，以及，他最后时刻的面容。

　　看着这一张张面孔，我突然想起重病八年、已经离世的父亲，他恰是在三十岁那年有了我这个儿子的。

　　我当时来来回回地阅读这展览上的每张照片，每段人生，忍不住揣想，当时的父亲应该也和三十岁的我一样，已经度过了人生的懵懂期。世界已经帮他剔除掉天真的虚妄，岁月也悄悄开始把他的脸捏出褶痕，当时的他应该已经和真实的世界迎面撞上。他是否已经找到办法和自己身上的欲望讲和？他如何理解这个朝他的人生扑面而来的新生命？后来的命运如何潜伏在父亲周围，然后一点点把他最终捕获……

我才发觉，我其实不认识父亲，即使我们是彼此生命中最重要的部分。严格来说，我只是知道他的人生，只是知道他作为父亲这一角色在我的生活中参与的故事，我没有真正地看见并理解他。

而认识到这一点，让我异常难受。

我常对朋友说，理解是对他人最大的善举。当你坐在一个人面前，听他开口说话，看得到各种复杂、精密的境况和命运，如何最终雕刻出这样的性格、思想、做法、长相，这才是理解。而有了这样的眼睛，你才算真正"看见"那个人，也才会发觉，这世界最美的风景，是一个个活出各自模样和体系的人。

显然，我没能"看见"我的父亲，也已经来不及这样去看父亲了，他已从我的生活中退场。我开始担心，自己会以这样的方式，错过更多的人。这惶恐，犹如一种根本的意识，就这么植入了内心。

从伦敦回来的一个月后，我试图以仅有的记忆建构一篇文章，尽可能地去寻找父亲，抵达父亲，看见父亲——便是《残疾》。这是挽留，告别，也是对内心惶恐的交代。

也是从那篇文章开始，生发出一种紧迫感：我应该看见更多的人。这是对路过生命的所有人最好的尊重，这也是和时间抗衡、试图挽留住每个人唯一可行的努力。还是理解自己最好的方式——路过我们生命的每个人，都参与了我们，并最终构成了我们本身。

也从那时候开始，写这本书，就不仅仅是"自己想要做的一件事"了，而是"必须做的事情"了——我在那时候才恍惚明白写作的意义——写作不仅仅是种技能，是表达，而更是让自己和他人"看见"更多人、看见"世界"的更多可能、让每个人的人生体验尽可能完整的路径。

这样的认识下，写作注定是艰难的。

在正式从事媒体工作之前，我是个文学青年，之所以做媒体，最初的原因是为了养活自己，同时暗自怀抱着的目标是：以现实的复杂锻炼自我的笔力，然后回归文学。在做媒体的这十一年，我写了二百六七十万字的报道，这让我明白，媒体写作另外有复杂宽广的空间，也让我自以为已经积累了足够的笔力，可以面对自我，面对我在乎的一切人。

然而当我真正动笔时，才发觉，这无疑像一个医生，最终把手术刀划向自己。写别人时，可以模拟对象的痛感，但最终不用承担。而在写这本书时，每一笔每一刀的痛楚，都可以通过我敲打的一个字句，直接、完整地传达到我的内心。直到那一刻我才明白，或许这才是写作真正的感觉。也才理解，为什么许多作家的第一本都是从自己和自己在乎的部分写起：或许只有当一个写作者，彻彻底底地解剖过自我一次，他书写起其他每个肉体，才会足够地尊敬和理解。

在写这本书的时候，有一些文章就像是从自己的骨头里抠出来的。那些因为太过在乎、太过珍贵，而被自己刻在骨头里的故事，最终通过文字，一点点重新被"拓"出来，呈现出当时的样子和感受。我是在写《母亲的房子》的时候，才真正看见并理解，母亲那永远说不出口的爱情；在写《皮囊》时，才明白阿太试图留给我的最好的遗产；写《我的神明朋友》时，才知道人是需要如何的帮助才能让自己从情感的巨大冲击中逃脱……这次的写作让我最终尽可能地"看见"我想珍惜的人，也让我清晰地看到，藏在人生里的，那些我们始终要回答的问题。

人各有异，这是一种幸运：一个个风格迥异的人，构成了我们所能体会到的丰富的世界。但人本质上又那么一致，这也是一种幸运：如果有心，便能通过这共通的部分，最终看见彼此，映照出彼此，温暖彼此。

　　这是我认为的"写作的终极意义"，这是我认为的"阅读的终极意义"。我因此多么希望，这本书能帮助或提醒读者，"看见"自己，"看见"更多人。

　　以这本书献给已经离世的父亲、阿太，献给陪伴着我的母亲、妻子、姐姐和女儿。

　　我爱你们，而且我知道，你们也那么爱我。

蔡崇达

2014 年 11 月

新版后记：所有曾经安放过我们魂灵的地方

《皮囊》是在杭州灵隐寺旁边一家民宿写完的。

不是在家乡闽南，不是在我当时的远方"北京"，而在这两者中间。现在想来，这个方位，如实地呈现出我当时的处境——如同《皮囊》里写到的，当时的我，便是那个"既告别家乡，又永远无法抵达远方的人"。

我原本以为，来到杭州只是自己随手翻找订票软件偶然的挑选。但一抵达杭州，记忆便追着出来了。然后我知道，是我终于找到这里来了——杭州是我们唯一一次家庭旅行的地方，那是我记忆中，全家最美好的时刻。那时的父亲，也是我记忆里一生中最好的时刻。

那年我六岁，被父亲驮在肩上，兴奋地打量着世界。父亲穿着衬衫、皮鞋，甚至戴着墨镜，笨拙地模仿香港电影里成功人士的模样。父亲驮着我爬了很长的山路，母亲挽着他。母亲一路看着我们笑，她还那么年轻，带有点"我如何值得这么好的生活"的恍惚感。

父亲最终在灵隐寺的菩萨前把我放下，他跪在菩萨面前，认真地祈求着什么。我听不见其中的内容，但我知道，那肯定都是祈求世间如何尽可能疼爱我的愿望。

时隔多年再踏上这条山道，我已是孤身一人。我不再是孩童，而我父亲已然不在了，再不会有托举着我的怀抱了。母亲这几年一直守在我不肯回去的故乡，我也许多年未曾被她挽着了。

我追着记忆爬了一路，也追问自己一路，为什么我一定要来这里呢？走进灵隐寺，站在那尊我父亲祈求过的神明面前，我看着菩萨，问不出任何问题。菩萨当然从来不会开口回答。

接下来的几天，我一直把自己关在民宿房间里。其实没有睡着，一闭眼就觉得内心在漂浮，又不知道醒着可以干嘛。我恐惧地看着黑洞洞的正在展开的时间，慌张地想，我到底要如何迎接即将迎面撞来的一个个日子呢？然后又慌张地想，我如何活成这般模样？

我想，或许是因为阿太和父亲的离世？我已经活了二三十年了，已然知道生老病死是这人世间太常见的事情，我早应该学会接受的，但我却始终还是无法接受这世间理所当然的存在，而且这样的部分很多，那该怎么办？

我想，或许是我甚至利用父亲在我十六七岁时候的偏瘫，逃避了当时生命的追问——你究竟是什么样的人，想要过什么样的人生？那时候我本来已经展开答卷，好奇又惊恐地打量着自己身上疯长的情感和欲望，然后，父亲偏瘫了，我便可以躲在所谓责任这个理由后面，拼了命地背起父亲往前奔跑。但父亲终究离去了，失去了重负的我，内心并不轻盈，而是空荡荡轻飘飘，再一低头，发现四周都是疯狗一般追着撕咬的问题。

我想，或许岁月一刀刀确确实实总是在人心里割开道道伤口，而这几年的我，只是惊恐地逃跑，安慰自己，它们会自然愈合的。它们沉默着发脓成一个个即将绽放的花苞，隐隐作痛着……

我忘记混沌了多少日，只记得，某一刻，我确定了，自己果真在内心无路可退也无路可走了，确定了，自己应该做点什么了。

民宿的房间不大，甚至没有可以写字的桌子。我忘记那时是白日还是夜晚，只记得在某一刻，我决定一把坐在地上，把笔记本电脑展开在床上。我想，我应该试着从心里掏出一个字，再掏出一个字……然后，我发现，其实不需要掏，淤积在内心的种种，遏制不住地汩汩地流出来了……

在《皮囊》出版十年后，重新详细讲述写作过程，是因为很想向读者坦陈：这其实是一开始就只是为了自己的写作，这其实是不愿意为大家所看到的一次写作，这其实是我不得不开始的写作。

而这些文字之所以得以出版，也完全是偶然。我多年的老友韩寒，偶然发现了我用小号的博客——我把这些文字隐秘、小心地储存于此。他耐心且偏执地推搡着我和出版方，我们都犹犹豫豫。事实上，甚至书已经印刷成册即将发行时，我还曾试探性地问，能否我赔偿了印刷费，就此取消出版——从心里掏出的文字，总害怕被另外的人看见。

我没料想到的是，这十年来，有这么多读者愿意阅读它，挽留它，传阅它。这么多年来，总有人要好奇地问，我也悄悄在问着自己：为什么读者愿意读这些只为自己内心的写作？我总坦率地回答：我也不知道。但这个回答大家不那么满意，总还要让我再想想。于是这么多年来，我想了又想：

我想，或许这确实是一开始只为了自己内心的写作，因此，这其实也是一开始只是真的为了灵魂的写作。

或许文学从来就是人为了回到自己内心的努力。

我想，或许在我内心没有支点的时候，最终发现自己早已知道：内心遍布着的已经发脓的伤口深处，也藏着曾经安放过我们魂灵的一个个地方。我们的悲伤，很多来自于知道自己得到又失去了。当我因此用文字艰难地剖开自己的内心，往深处行进的时候，一个个读者，也可以循着这些文字，艰难地走进自己的内心。因为我们都知道，只有回到所有曾经安放过我们魂灵的地方，我们才有机会再次找到支撑点，再次站立起来，去往我们希望去到的地方。

蔡崇达

2024 年 11 月

外文版评论摘要

"Chongda paints a tantalizing portrait of a changing China in his dazzling English-language debut. [*Vessel*] shines with the bright talent of an excellent storyteller." — *Publishers Weekly*

"崇达在其令人惊艳的首部英译作品中，描绘了一幅变化中的中国的动人画像。《皮囊》闪耀着一个优秀的故事讲述者的光辉才华。"——《出版人周刊》

"Essential reading for anyone interested in contemporary life in China, and highly recommended for memoir enthusiasts in general." — *Library Journal* (starred review)

"对于任何对中国当代生活感兴趣的人来说，这本书都是必不可少的读物。对于非虚构爱好者来说，这本书也是非常值得推荐的。"——《图书馆杂志》

"Vessel is a unique look into the background of a thirty-something in contemporary China."— *Asian Review of Books*

"《皮囊》从一个独特的视角展现了当代中国三十多岁这一群体的生命历程。"——《亚洲书评》

"Deeply moving...Cai's deep respect and love for the people who are important to him shine through in his beautiful and poignant profiles."— *Booklist*

"感人至深 …… 蔡崇达对身边重要的人们饱含尊重和热爱，他们在他美丽而真诚的文字里闪耀着光芒。"——《书单》杂志

"《皮囊》是作者调动古代中国的智慧，来治愈当下的自己和中国。"—— 韩国文学评论家 李京格

"蔡崇达的作品根据当地的民间传统写成，是一部不折不扣的现代小说。不仅在类型上相当罕见，在翻译著作中，尤其显得独特。本书帮助读者发现大多数人看不到的生活，这种共情的建立能够跨越国界，跨越文化，跨越语言。"——《皮囊》英文版译者 迪伦·金

每个读者只能读到已然存在于他内心的东西。书籍只不过是一种光学仪器，帮助读者发现自己的内心。

——马塞尔·普鲁斯特